과대학 교수가 쓴 에세이

난 기다리는데,
넌 지금 뭐하니?

秀景 김철경 교수 에세이 ❶

책:봄

다 내려놓지 못하고

일흔 가까이 인생을 살아오면서도
아직 삶이란 무엇인가에 대한
명확한 답을 찾지 못하고 있다.

이른 아침에 잠에서 깨어
새날을 주심에 감사하다는 기도를 하면서도,
하루를 보내고 다시 잠을 청하게 될 때에는
머리가 너무나 아파지며
광야와 같은 세상에서 또 허우적거리며
귀중한 하루를 보냈다는 것에 대해서
깊은 자책감을 지닌다.

황량하고 고독한 광야에
너와 나, 우리 함께 서 있으면서도
이글거리는 태양의 뜨거움을 알면서도
저녁노을 붉게 물든 서쪽 하늘을 보면서도
낙엽 붉게 물든 공원을 거닐면서

존재가치를 깨달으면서도
부르시는 음성을 알아차리지 못하고
아니 부르심을 외면하면서
주위가 깊은 적막감과 짙은 어두움이 다가오는 밤이 되면
나는 두 눈을 감으면서 내일을 다시 기약하며
새로운 각오를 다진다.
정신적으로 고통 가운데 있으면서
여기저기 약으로 의존하는 육신의 연약함을
그래도 감사하게 생각한다.
내가 호흡하고 있음에…

내면 깊숙하게 번민하며
거칠게 호흡을 하며
애써 차분해지려고 한다.
겸손해지려고 한다.

그런데
너무도 미약한 존재이기에
절대자의 도움을 청하면서도
때로는 내려놓지 않고 움켜쥐려고 한다.
다 내려놓음의 행복을 가끔은 깨달으면서도
욕심 때문에 다 내려놓지 못한다.

다른 사람에게 괴로움을 주지 않기 위해서는
에세이를 쓰지 않아야 하는데
일흔 가까이 인생을 살면서도
아직 인생을 완전히 깨닫지 못해서
처음으로 에세이집을 펴낸다.
새로운 날을 기약하면서…

음력 2021년 그믐달 세밑, 성북동 산마루에서

목차

제1부

존재가치

세상의 모든 것은 존재가치를 지닌다.

다름, 틀림

●●● 오늘 새벽 2시 반경에 잠에서 깨었다. 그 후로 잠이 오지 않았다.

자율형고등학교 평가관련으로, 이 생각 저 생각에 잠을 계속 잘 수가 없었다. 벌떡 자리에서 일어나 앉아 기도를 하다가, 음성을 들었다.

"이 녀석아 일찍 일어났으면, 새벽기도회나 가거라."

세수를 하고, 집을 나섰다. 새벽 4시 20분.

새벽 다섯 시에 시작하는 기도회가 오늘부터 장소를 옮겨 드린다.

2006년 1월 1일부터 참석하기 시작했던 새벽기도회를, 직장을 옮기면서 중단하였다가, 오늘 새로운 마음으로 다시 기도의 단을 쌓기로 했다.

매일 아침 학교에서 7시 15분부터 아침기도회를 갖고 있지만, 오늘부터는 교회에 나가서 새벽기도를 드리기로 다짐했다.

기도하는 중에 또 음성을 들었다.

"오늘부터 빠지지 말고 기도를 잘 하라."

이 음성이 내 마음을 파고들었다.

오늘 기도회 인도는 곧 두바이한인교회 담임목사로 부임할 최 목사님이었다.

오늘 성경은 에스겔 37장이었다. 에스겔 37장은 유다와 이스라엘의 통일을 다루고 있는데, 두 가지 환상을 보여 주고 있다. 하나는 마른 뼈가 힘찬 군대가 되어 살아나는 환상이며, 또 다른 환상은 두 개의 막대기를 하나로 붙이는 환상이다.

> 그 땅 이스라엘 모든 산에서 그들이 한 나라를 이루어서 한 임금이 모두 다스리게 하리니 그들이 다시는 두 민족이 되지 아니하며 두 나라로 나누이지 아니할지라
>
> (에스겔 37장 22절)

남유다와 북이스라엘이 하나가 되어야 한다는 내용은, 둘로 갈라져 있는 우리 한반도 현상과 흡사하다. 평소에 알고 있었던 성경구절인데, 오랜만에 새벽기도회에 나온 날에 이런 내용을 다시 듣게 되는 데는, 분명 주시고자 하는 메시지가 있다는 생각이 들었다. 남북으로 갈려 이념전쟁을 하고 있는 우리 현실을 제대로 인식하라는 것으로, 내 마음은 강하게 흔들렸다. 나는 새벽기도회에 세상의 근

심 걱정 보따리를 갖고 갔다가, 뒤통수를 얻어맞는 기분이었다.

"너 하나님의 아들아, 지금 뭐 하고 있냐?"
이런 질책을 받는 것만 같았다.

요즈음, 내가 생각하는 주제는 "다름과 틀림"이다.
각자 생각의 바탕은 변화되지 아니한 채, 자기 주장만을 하며, 상대방의 입장을 이해하지 못하는 생각의 굴레에서, 스스로의 함정에 몰입되어, 서로가 다르다는 것을 인지하지 않고, "상대방은 틀리다."고 생각하는 것이다.
그런데, 상대방을 이해한다고 하면서도, 그렇게 배우고 이해하고 익혀왔기 때문에, 자기 논리만을 주장하며, 배타적일 수밖에 없다.
기독교 자체가 진리만을 이야기하므로, 타 종교에 대해서는 당연히 배타적일 수밖에 없다. 상대방이 틀린데, 그것을 다른 것으로 인지하라는 것은 쉽지 않은 일이다.
무조건적으로 나와 다르면, 적폐로 몰리는 세상이 되었다. 어느 것이 정의인지 분간하기가 어렵다. 힘의 논리로 정의(正義)가 정의(定義)되면 곤란해진다. 그런데, 요즈음 우리네 삶은 힘의 논리가 먹히는 알쏭달쏭 이해하기 어려운 요지경(瑤池鏡) 세상이 되고 있다.
거짓이 진실의 가면을 쓰고, 그럴 듯하게 포장해서 설명하면, 상황을 모르는 대다수는 속아 넘어가기 쉬운 판이 되었다.

 최근에 알게 된 일이 하나 있다.

 사무실 앞 정원에서 사계절 변화를 다양하게 느낄 수 있다. 작년까지 자그마한 앙증맞은 꽃을 피운 달개비가 올해에는 자취를 감추고, 자그마한 하얀색의 꽃을 피운 야생화가 있어서, 그런 대로 보아주었다. 그 초본의 이름을 알려고 하다가, 간신히 알게 되었다. 그 이름이 "서양등골나물"이라는 식물로서, 외래종이란다.

 나를 놀라게 한 것은, 지금 서양등골나물이 미국에서 건너와 우리나라 전국을 강타하고 있다는 사실이다. 놀라서 학교 캠퍼스를 둘러보니, 서양등골나물이 여기저기 무성하게 성장하면서, 키가 나지막한 풀들을 모두 집어삼키는 우점종이 되어 있었다. 그러고 보니, 작년까지 정원을 차지했던 맥문동, 달개비 등의 풀은 맥을 못 추고, 서서히 자취를 감추어 가고 있었다. 화들짝 놀라서 다시 인터넷을 검색해 보니, 지금 서울 남산의 초본식물생태계가 이 녀석 때문에 전체적으로 파괴되고 있다고 한다.

 더 기세가 커지기 전에, 내년 봄 정원의 질서를 바로잡기 위해서라도 오늘 당장 그 녀석을 뿌리째 뽑아버렸다. 이 현상은 다름이 아니고 틀림이다. 함께 서식하는 것이 아니고, 어느 것이 우점을 한다는 것은 상대방을 완전히 무시하는 것이므로, 틀림이다.

내년 봄에는 재래종 달개비를 볼 수 있을까?

결국 힘의 논리가 식물의 세계에서도 작용하고 있다. 힘의 논리로 다름이 틀림이 되어서도 아니 되며, 틀림이 다름이라는 탈을 쓰고 정상의 자리에 들어서게 하는 것도 아니 된다.

아닌 것은 아니며, 맞는 것은 맞는 것이다.

2019. 10. 1.

노란 양은 도시락

●●● 요즈음 같이 지퍼 팩(zipper pack)이 있는 시절이 아닌 1960년대 이야기다.

신문지 또는 귀한 비닐로 싸고, 다시 손수건같이 얇은 보자기에 싼, 제법 부유층은 재봉틀로 만든 도시락 주머니에 넣은 노란 양은 도시락을 열면, 콩 등 잡곡이 섞인 흰 쌀밥 위에 '계란 프라이(fry)'가 있으면 그날 도시락은 최고였다.

나는 초등학교 시절 정동에서 살았다. 그래서, 지금은 초등학교라 부르지만, 당시 최고의 명문 국민학교인 덕수국민학교를 다녔다. 서울 수도 도심 한복판에 있는 학교였지만, 노란 양은 도시락의 산화피막이 다 닳아서, 염분 때문에 구멍이 나려고 하는 하얀 양은 도시락이 된 것을 들고 다녔던 친구들도 꽤 많았다. 불과 55~60년 전 우리나라 수도 서울의 중앙에 위치한 학교에서의 일이다.

일제 강점기 시대의 영향으로 1960년대에도 우리는 도시락을 '밴

또'라 불렀다.

노란 알루미늄 합금 양은 도시락, 노란 단무지.

전형적인 도시락이었다.

지금은 추억의 도시락이라 해서 음식점에서 한 메뉴를 차지하고 있지만, 참으로 많은 추억과 즐거움과 슬픔과 한을 품고 있는 도시락이다.

그 밴또 안에 담긴 노란 단무지를 우리는 일본단어로 '다꾸앙'이라 했다.

반찬 국물이 책가방 속에서 책으로 노트로 옮겨져, 휴일이면, 손으로 들고 다니던 책가방을 나뭇가지로 벌려 책가방 속 일광욕을 하며 냄새를 지우려 했던 초등학교 시절.

없는 살림살이에서도 아들 기 안 죽이려고 계란 프라이나 계란말이를 싸주신 어머니.

그러나 계란 프라이가 없는 날이 더 많았다.

늘 반찬 투정을 부린, 못난이 어린 시절이 생각나며, 후회스럽다.

노란 계란 프라이, 육질 성분보다 탄수화물 성분이 더 많은 분홍색 소시지, 간장에 조린 검정색 콩자반, 그리고 매운 빨간 김치를 나는 싫어해서, 어머니 손수 집에서 담근 열무김치, 그리고 어떤 때는 연탄불 위에 석쇠를 놓고 구운 김을 가위로 잘라서 종이로 곱게 접어 넣어진 김. 이런 것들이 최고의 도시락 반찬이었다.

저(1~3)학년 시절에는, 도시락을 싸 들고 학교로 등교하는 형과 누나가 부러웠다.

나도 1960년대 중반, 초등학교 고(4~6)학년이 되면서부터, 이렇게 도시락을 싸 들고 학교를 다녔다.

도시락

1970년대 중반 대학 시절에도 대부분 도시락을 가지고 다녔던 게 우리네 삶이었다. 가정형편이 좋은 친구들은, 당시 짜장면, 라면, 우동 등 매식을 했지만, 나는 많은 학과 친구와 점심시간에 빈 강의실에서 도시락으로 점심을 먹었다. 어떤 경우는 도시락을 두 개 가지고 와서, 저녁까지 해결하는 경우도 있었다. 2020년 지금 시절에는 상상하기 힘든 일이 아닐까?

그런데 2020년 3월, 나는 요즈음 다시 도시락을 가지고 다니기 시작했다. 도시락을 가지고 다니게 된 가장 큰 원인은 코로나-19 때문이다. 감염이 식당에서 많이 발생하고 있기 때문이다.

도시락은 플라스틱 용기에 담아서 가방에 넣어 다닌다.

1960년대에는 양은 도시락이었지만, 부유층 아이들은 마호병이라는 보온통에 밥과 국과 반찬을 넣어서 다녔다. 1960년대에도 빈부 차이는 매우 심했다. 마호병은 일본어 mahô(魔法)瓶에서 유래하였다. 처음 보온병이 만들어졌을 때, 보온이나 보냉이 가능하게 만든 것이 신기하고 마법스러워, '마법병', '마호병'이라 불리게 되었고, 일제 강점기 영향으로 아직도 우리는 보온병보다는 마호병이라는 표현을 하고 있다.

1960년대 내가 초등학교를 다니던 시절, 지금은 대그룹의 회장인 친구가 있었다. 당시 그 친구의 아버지는 대그룹의 모(母)회사의 회장이었다. 모든 선생님과 학생들은 그 친구를 부러워하고, 특별히 배려해 준 것을 기억하고 있다. 학교 점심시간이 되면, 부유층 아이들의 집에서는 운전기사 편에, 또는 찬모(饌母)가, 때로는 학부모가 직접 바리바리 싼 도시락을 전달하기 위해서 학교 정문에서 대기하곤 했던 것을 기억한다.

2020년 3월, 내가 도시락을 갖고 다니기 시작한 것은, 코로나19 영향도 있지만, 샐러드 위주로 건강식을 하기 위한 것과, 점심비용 지출을 줄이기 위한 것도 이유가 된다. 내가 장(長)이다 보니, '혼밥'을 안 하고, 같이 식사를 하게 되므로, 점심값 지불을 종종 내가 내곤 했다.

고구마, 당근, 파프리카(paprika), 토마토(tomato), 양파, 치즈(cheese)가 들어가고 올리브 오일(Olive oil)과 발사믹(Balsamic) 식초가 가미된 야채 샐러드였던 어제 도시락과 달리, 오늘 도시락은 단백질 섭취 부족을 보충하기 위해서, 비프스테이크 한 조각이 더 추가되었다. 아내가 도시락을 주면서, "오늘 점심이 기다려지겠네?" 하였다. 그런데, 오늘 아침에 출근하면서 깜빡 도시락을 놓고 나왔다.

승용차로 같이 출근하는 딸아이가 급히 집으로 가서 도시락을 갖다 주었다.

발사믹(Balsamic)은 이탈리아어로 '향기가 좋다'는 의미다. 향이 좋고 깊은 맛을 지닌 최고급 포도 식초이다. 내가 발사믹 식초를 좋아하게 된 것은 2007년 여름, 독일 프랑크푸르트(Frankfurt)에 사는 사촌 동생 집에 갔었을 때부터다. 치즈와 토마토에 발사믹 식초를 가미한 요리를 맛보고 나서, 발사믹 식초의 매력에 빠졌다.

초등학교 시절, 나는 도시락을 집에 두고, 학교에 갔던 적이 몇 번 있었다. 문득 초등학교 시절이 회상된다. 이런 일은 비단 내 옛 추억에만 있는 것이 아니다. 지금 경희궁 앞, 서울역사박물관 옆, 공원에는 1960년대 서울 거리를 다녔던 전차가 전시되어 있는데, 도시락을 집에 두고 등교하는 중학생과 어린아이를 업고 도시락을 들고 아들에게 전해주려고 하는 엄마의 조형물이 있다. 50~60년 전의 풍경을 매우 사실적으로 묘사해 놓은 것이다. 한국전쟁 이후, 열심히 살아가려던 우리네 삶의 모습이 그러했다. 그래도 그런 시절이 더 행복하고 재미가 있었다고 생각한다.

2020. 3. 13.

존재 가치

●●● 세상의 모든 만물은 모두 존재하는 의미를 지니고 있다고 생각
한다.

들의 백합화도, 창공의 새들도, 바닷가의 모래알도, 하늘의 구름
도, 내리는 빗방울도, 달리는 기차도, 사무실의 컴퓨터도, 옆집의 강
아지도 … 세상 모든 것은 다 인간이 만들고 가꾸었다고는 하지만,
그 원료는 모두 자연에서 얻은 것이다. 물, 공기, 흙, 바람, 나무 등
자연은 인간이 만든 것이 아니다. 인간이 직접 무(無)에서 재료를 창
출한 것은 하나도 없다. 그렇지만, 세상의 모든 만물은 모두 존재
가치를 지닌다고 생각한다.

17세기 이후 물리학의 기초를 이룬 아이작 뉴턴(Isaac Newton,
1643~1727)은 "우주의 모든 만물은 반드시 원인이 있으며, 또한 결과
가 있게 마련이다."라고 주장하였다.

그러나 현대물리학의 분자물리학을 연구하는 학자들은 영국

출생 고전물리학자로서 만유인력의 법칙을 발견하고 과학혁명(Scientific Revolution)의 완성을 이룬 뉴턴이 주장한 인과법칙(law of cause and effect)은 음전하를 가지는 소립자인 전자(電子, electron)의 세계에서는 적용되지 않는다고 하였다.

뉴턴 이론에 대한 비판은 아인슈타인(Albert Einstein, 1879~1955)에 의해 시도되었다. 아인슈타인은 독일 태생의 미국 이론물리학자로서 일반상대성이론으로 현대물리학에 혁명적인 지대한 영향을 끼쳤고, 광전효과 등으로 이론물리학 전반에 대한 공헌으로 노벨 물리학상을 수상한 인물이다. 아인슈타인은 독일의 물리학자이었던 막스 플랑크(Max Planck, 1858~1947), 독일의 이론물리학자이었던 베르너 칼 하이젠베르 (Werner Karl Heisenberg, 1901~1976) 등과 함께, 우주가 하나의 거대한 기계라는 고전물리학을 부정하며 현대물리학의 새로운 장을 열었다. 아인슈타인이 1905년에 그 유명한 "상대성원리"를 발표하면서 뉴턴의 이론을 비판한 것이다.

나는 오히려 아인슈타인의 생각보다도 뉴턴의 생각을 지지한다. 세상의 모든 것은 다 존재하는 의미를 지니고 있으며, 존재 가치가 있다고 생각한다. 무(無, nothing, informal zero, not having)에서 유(有, existence, being)를 창출할 수 없다. 만물에 존재의 의미를 부여한 절대자의 손에 의하여 우주가 움직인다고 생각한다. 왜냐하면, 인간이 어떠한 것도 창조해 낼수는 없기 때문이다.

오스트리아 출생으로 정신분석의 창시자이며, 심리학자, 신경과 의사였던 지그문트 프로이트(Sigmund Freud, 1856~1939)는 인간의 모든 행동은 깊은 생각과 판단에 의한 것이 아니라, 경험과 학습에 의하여 잠재적으로 "뇌리에 내재된 의식에 좌우된다"는 것을 과학적으로 증명한 철학자이자 사상가이다. 그는 과학이야말로 참된 지식에 이르는 유일한 방법이라고 주장하였다.

프랑스 출생으로 이탈리아의 경제학자이자 사회학자였으며, 모든 사람이 타인의 불만을 사는 일 없이는 자기만족을 더 이상 증가시킬 수 없는 상태라는 '파레토최적'을 도입하였던 빌프레도 파레토(Vilfredo Pareto, 1848~1923)도 인간은 이성적인 생각과 판단에 의해서 행동하는 것이 아니라, 본능과 감정에 의해서 행동한다고 주장하였다.

그러나 나는 과학이라는 것이 인간이 만든 법칙에 따른 것이기에 절대적인 것이라고 생각하지 않는다. 지극히 유한한 인간들이 만든 법칙의 테두리 안에서만 이치에 맞고 합리적일 뿐이다. 인간이 아직 알지 못하고 연구하지 못한 영역의 것들에 대해서는 비과학적이라고 생각하는 게 과학이다. 그리하여, 인간은 서로가 온전하지 아니한 상태에서, 경험으로 축적된 제한된 지식으로 행동한다고 보며, 순간적 생각이나 주변상황에 따른 충동이나 감정으로 행동부터 먼저 한 후, 그 행동이 이치에 맞는 것처럼 이론을 펼친다.

우주를 창조한 절대자가 존재해야만, 자연의 현상을 이해할 수 있다.

인간의 한계를 드러낸 독일의 시인이며 철학자인 프리드리히 니체(Friedrich Wilhelm Nietzsche, 1844~1900)도 신은 죽었다고 하면서도, 결국에는 초인(superman)의 힘을 도입하였다.

영적인 세계(the world of spirit)에 대해서는 뇌과학(brain science)을 연구하는 사람들이 아주 조금 연구하기 시작했지만, 아직도 알아야 할 것들이 많은 학문적 미개척분야이다. 영적인 것을 세상적인 과학으로 탐구하는 것이 상당히 어려운 일이라고 생각한다. 결국 유한한 존재가 우주 전체를 이해해 간다는 것은 쉬운 것이 아니다.

가치를 기본원리로 삼는 철학을 가치철학(價値哲學, philosophy of value)이라고 한다. 철학에서 말하는 가치란 "인간의 욕구를 만족시킴으로써 즐거운 감정을 불러일으킨다"는 점에서 가치는 형이상학적인 정서에 바탕을 두고 있다.

인간 삶을 살아가면서 가치는 매우 중요한 요소라고 생각한다. 가치상실의 아픔을 겪게 된다면, 심리적 갈등, 고뇌에 빠지며, 심한 경우 삶의 의욕을 잃게 된다.

존재(存在, being, sein)

비판철학을 통해 서양 근대철학을 종합한 독일의 철학자 임마누엘 칸트(Immanuel Kant, 1724~1804)의 정의에 따르면 "존재란 분명히 어떠한 실제로 존재하는 실재(實在)의 술어가 아니다(kein reales Prädikat). 즉 사물의 개념에 보탤 수 있는 어떤 것의 개념이 아니며, 단지 그 자체에서의 사물의 정립(position), 또는 어떤 종류의 규정 그 자체의 정립에 지나지 않는다. 논리적 사용에서 단지 판단의 계합사(繫合詞, copula)이다."라고 한다.

칸트 철학을 계승하여 절대적 관념론 철학을 완성시킨 근세의 체계적 형이상학자, 독일의 철학자 헤겔(Hegel, Georg Wilhelm Friedrich, 1770~1831)은 존재라는 것은 "무규정적 직접성(unbestimmte Unmittelbarkeit)"이라 규정하고 있다.

그러나 존재는 매우 중요한 실존적 개체이다. 세상의 모든 것은 '존재 가치(being value)'를 지니고 있다. 자그마한 꽃도, 하늘을 나는 새도 모두 다 존재 가치가 있다. 하물며 만물의 영장(the lords of creation)이라는 인간(human being)이야말로, 한 생명 한 생명이 모두 고귀한 존재 가치를 지니고 있다.

2021. 7. 23.

춘망(春望)

●●● 고려시대 후기 이규보가 지은 고전 수필 〈춘망부(春望賦)〉가 있다.

나는 이규보가 봄을 바라다보며 쓴 〈춘망부〉를 읽어 보기는 했지만, 2020년 2월 마지막 날에 답답한 마음에, 책상 앞에 앉아 내 심기(心氣)를 워드 작업을 통해 표현해 보았다.

제목이 춘망(春望)이다.

춘망(春望)

2020년 삼월이 어서 오거라

2월이
탈 많은 2월이

이제 가고 있다.
꼬리만 남긴 채
서서히 가고 있다.
어서
삼월이 오거라

노오란 개나리 방긋 웃는
새 봄
March
삼월이 오거라
비발디의 사계
봄을 연주하며
어서 오거라

경칩이 오고 있다.
개구리 성큼 뛰어서 나오거라
코로나-19 썩 물러가게
땅을 박차고
뛰어오르거라.

서양화가의 화려한 색채로

물감 듬뿍 머금은 봄향기

짙게 짙게 뿌리며

어서 오거라 2020년 봄아

밭을 가는 농부와 일 소의

우렁찬 소리를 뿜어내며

3월의 봄아 어서 오거라.

1919년

101년 전(前)

기미년(己未年) 만세 소리

다시 이 땅에 울리며

잠자는 자들을 깨우며

2020년 봄아

어서 오거라.

    중국에서 여성으로 유일하게 황제가 되었던, 당(唐) 고종(高宗)의 황후, 측천무후(則天武后) 시대, 시인 동방규(東方虬)의 〈소군원(昭君怨)〉 시구가 생각난다.

胡地無花草(호지무화초), 春來不似春(춘래불사춘)

오랑캐 땅에는 봄이 와도

꽃과 풀이 없으니

봄이 와도 봄 같지 않구나

요즈음은

여기저기서

"사는 게 사는 게 아니야"라는 자조(自嘲) 섞인 소리를 듣는다.

오늘 성북천 산책길 옆 옹벽에는 영춘화 노오란 꽃 만발하고, 성
북천변 돌 사이에는 *Manschurian Violet* 봄제비꽃이 앙증스럽게 피
어 있다.

토요일 오후 성북천에는 많은 무리가 모두 마스크를 착용하고, 삼
삼오오 수다를 떨며 봄볕을 쐬고 있다. 그런데 "봄의 침묵"이다.

산책을 마치고 들른 마트는 사재기로 아우성이다. 곧 뭔가가 터
질 것만 같은…

어제부터 약국에서 마스크를 판다고 해서 약국에 갔었지만 …

허탕이었다. 벌써 5일째이다.

어찌하여

세상은 요지경인가?

2020. 2. 29.

꽃이 핀다는 것

●●● "무궁화 꽃이 피었습니다."

1960년대 초등학교 시절, 서울 정동 골목길에서

"무궁화 꽃이 피었습니다." 놀이를 하며, 초등학교 친구들과 놀았
던 50여 년 전의 옛날이 그립다.

봄. 개화

목련, 신이화(辛夷花), 꽃봉오리, 꽃샘추위

겨울 목련, 신이 꽃봉오리로 잘 견디고

꽃샘 추위도 이겨내서

목련은 봄에 꽃을 피운다.

하얀 목련화를

적색의 목련화를

꽃이 핀다는 것

봄이 왔다는 것

봄기운이 감돌고, 만물이 소생한다는 것

기쁨이 온다는 것

행복이 온다는 것

봄

스프링. spring

샘이 솟는다는 것

기운이 돈다는 것

생명이 약동한다는 것

미래가 현실로 다가왔다는 것

꽃이 핀다는 것은 나비들이 다녀갔다는 것

봄바람이 불고, 양지바른 곳에서 오수(午睡)를 즐길 수 있다는 것

보리를 추수할 수 있다는 것

4~5월 보리고개를 넘기면, 보리 수확을 할 수 있다는 것

희망이 있다는 것

"한 송이 국화꽃을 피우기 위해

봄부터 소쩍새는 그렇게 울었나 보다."

서정주 시인의 〈국화 옆에서〉라는 시를 고등학교 시절 국어시

간에 읽고 감상했고 배웠다. 서정주(1915~2000)는 21살이 되던, 1936년에 동아일보에 〈벽〉이라는 시를 투고했는데, 나중에 신춘문예 작품으로 간주가 되어서 당선이 되면서 시인으로 등단했다고 한다. 서정주 시인은 예술원 원로회원, 불교문학가협회 회장을 지내며 많은 작품을 남겼다.

국화 옆에서

서정주

한 송이 국화꽃을 피우기 위해
봄부터 소쩍새는
그렇게 울었나 보다

한 송이 국화꽃을 피우기 위해
천둥은 먹구름 속에서
또 그렇게 울었나 보다

그립고 아쉬움에 가슴 조이던
머언 먼 젊음의 뒤안길에서
인제는 돌아와 거울 앞에 선

내 누님같이 생긴 꽃이여

노오란 네 꽃잎이 피려고
간밤엔 무서리가 저리 내리고
내게는 잠도 오지 않았나 보다

위의 시를 읽으면서 느낀다. 봄부터 소쩍새는 울면서 기다렸다는
것을

한 송이 국화꽃은 한 인생의 삶과 비교가 된다.
가을 한 철 꽃을 피우고 시들고 마는 한 송이 국화꽃을
그래도 많은 사람은 기다리고 있다.
그 국화꽃의 자태와 향기를
아련하게 기억하면서
다가올 현실을 묵묵히 기다린다.
인생은 기다림의 연속
한 송이 꽃을 피우기 위해서
봄 여름 가을을 기다리고
겨울을 지나
새로운 봄에도 역시
봄 여름 가을을 기다린다.

꽃을 피우기 위해서

꽃이 핀다는 것은
기나긴 기다림 끝에 얻어지는
인고(忍苦)의 끝에 얻어지는
기다림의 결실이라고 생각한다.

2020. 12. 1.

The reading of all good books is
like a conversation with the finest
men of past centuries.

한숨, 2020년 3월 10일

●●● 경칩(驚蟄)이 닷새나 지났다. 개구리 겨울잠에서 깨어 나오고, 종달새 높이 날며, 병아리들 초가집 마당에서 뛰어놀며, 개울에서 새끼 오리 물장구치며 헤엄치며 놀 때다.

성북천 오리가 새끼를 일곱 마리나 낳은 모양이다. 성북천에서 새끼 오리들 노니는 것을 보니, 봄이 오긴 온 모양이다.

경상남도 양산의 통도사에 매화꽃이 벌써 2월 20경에 피었고, 지천으로 매화꽃이 화사하게 펼쳐져서 매화 축제가 열려야 하는데, 코로나-19로 인하여 취소되었다고 한다.

경상남도 창원시는 진해 군항제를 57년 만에 처음으로 전면 취소하고, 전국 지자체들은 3~5월 축제를 포기, 취소, 연기하고 있다.

부산벚꽃축제, 울산 벚꽃 한마당, 하도 화개장터 벚꽃축제들도 대부분 취소되었다고 한다. 꽃 축제가 아닌 부산 광안리 어방축제, 경남 고성 공룡 엑스포, 울주세계산악영화제, 울산 옹기 축제는 하반기로 연기되었고, 전라남도의 여수 영취산 진달래 체험행사, 순천

동천앤드 벚꽃 행사, 광양 매화 축제, 구례 산수유 축제, 구례 섬진 강 벚꽃 축제, 고흥 과역 참살이 매화 축제, 해남 땅끝 매화 축제, 장성 백양 고로쇠 축제, 강릉 벚꽃축제 등은 취소되었다고 한다.

그런데도 인파가 몰리고 있다. 한쪽에서는 고통 속에서 사투를 하고 있는데, 사회적 거리 두기를 하자고 하는데, 국민들이 제 각각 이다. 아무런 소용이 없다. 너무 이기주의적인 사람들이 많다. 매화 꽃 보면서 답답한 마음 풀려고 하는 상춘객들의 춘심은 어찌할 수 가 없었나 보다.

밤새 가는 비가 내리더니, 아침 출근길에는 제법 굵은 빗줄기가 내렸다. 일기 예보상으로는 1mm의 매우 적은 비가 예상된다고 했 는데, 굵은 비가 자동차 유리창을 두드린다. 차 지붕을 제법 세게 두드린다.

출근길, 잔잔한 음악이 FM 라디오방송에서 흘러나온다. 오늘 새 벽에 김운성 목사의 메시지를 들으며, 오늘 하루도 착하게 살려고 마음을 다짐한다.

오후에 들어서서도 가는 빗방울이 계속 사무실 유리창을 토닥거 린다. 하늘은 잿빛 하늘이다. 내 마음속과 같이 음울(陰鬱)하다.

이 비가 그치면, 내일은 기온이 다시 영하로 내려간다고 한다.

아직 봄옷을 입을 시기는 아닌 것 같다. 어제 낮에는 양지바른 곳 에서는 제법 봄 기운을 느끼기는 했지만, 아직은 봄이 안 온 것 같 다. 코로나-19로 인하여 더욱 그러하다.

2020년 3월 10일 화요일, 오늘 아침 신문의 기사 타이틀을 보더라도, 아직은 한겨울이다. 마음이 답답하고, 움츠리게 된다. 위기이다.

'코로나먼데이' 강타, 유가·증시 곤두박질
코로나·유가쇼크 덮쳤다, 세계증시 대폭락
아베 "코로나19 '역사적 긴급사태'로 지정하겠다."
코로나 들불, 이탈리아 넘어 프랑스·독일 확산
팬데믹 공포 세계경제 강타, 경제 부처는 마스크와 전쟁 중
코로나 發 구조조정 칼바람… 중공업·車·정유까지 떨고 있다
민주당 "비례연합 참여, 대기업과 골목상권의 연대" 비유
유가 30% 곤두박질에 공포감 폭발… FT "금융위기후 최악의 날"

세계적 대유행, 팬데믹 공포가 확산되고 있다.

경제는 엉망이고, 정치꾼들은 정치적 논리와 해법을 만들어내며, 당리당략(黨利黨略)으로 4월 15일 국회의원 선거에 몰입되어 있다.

세계경제가 위기를 맞고 있는데, 우리는 아직 정신을 못 차리고 있는 것 같다. 지금 고통 속에서 사투를 하는 사람들이 있고, 그들을 치료하려는 의료진들이 고생하고 있으며, 사회적 거리 두기를 하자고 했는데, 매화꽃 구경에 인파가 몰리고 있으니 말이다. 어느 곳에서는 마스크 달랑 두 개 사려고 길게 줄 서 있고… 정말 나라 꼴이 답답하다.

어제, 2020년 3월 9일 발행, 아시아경제신문에 실린 내용이다.
- 확진자 7천명 넘은 주말, 명품 매장 앞 "마스크 낀 손님들은 줄을 섰다" 3월 7일 토요일 오후 타임스퀘어 1층 티파니앤코 매장에 손님들이 입장하기 위해 줄을 서 있는 모습이 기사와 함께 사진으로 실렸다. 제품 가격이 비쌀수록 수요가 증가하는 사회 현상인 "베블런 효과(veblen effect)"가 우리나라 사회에서도 나타나고 있다.

 - 백화점, 명품만 나홀로 매출 호황… 명품 사랑에 가격인상 배짱
 - 럭셔리 상품 시장 규모 연평균 6.5% 성장… 2013년보다 37% ↑
 - 세계 8위 규모… 명품 가방은 4위 올라·주얼리와 화장품은 7위

베블런효과(veblen effect)는 가격이 오르는데도 일부 계층의 과시욕이나 허영심 등으로 인해 수요가 줄어들지 않는 현상이다. 미국의 사회학자이자 사회평론가인 베블런(Thorstein Bunde Veblen)이 1899년 출간한 저서 "유한계급론"에서 "상층계급의 두드러진 소비는 사회적 지위를 과시하기 위하여 자각 없이 행해진다"고 말한 데서 유래하였다.

베블런이 주장한 것처럼, 우리나라도 물질만능주의에 젖은, 부유층 사람들의 자세, 성공을 과시하고, 허영심을 만족시키기 위해 사치를 일삼는 것은 비판을 받아도 할 말이 없을 것이다. 특히 지금과 같이 코로나-19로 인한 난국에서는 모두가 좀 더 자숙하는 시간이

되었으면 좋겠다.

　그러나 모두는 강한 개성을 지니고 살아간다. 그 개성을 누가 뭐라고 할 수 있는가? 이것이 자본주의의 병폐라고까지는 할 수 없지만, 공존하는 세상에서 자신의 존재 가치를 부여하며, 자유를 지니고 살아가는 현대인의 모습 가운데 하나일 것이다. 그저 그 사람은 그 사람이고, 나는 나일 뿐이다. 누가 누구를 탓할 수 없다. 모두가 존재 가치를 지니고 살아가는 것이다.

2020. 3. 10.

라일락 꽃향기

●●● 며칠 전, 저녁식사 후, 아파트 산책길을 걸었다.

라일락 꽃향기가 짙게 내게 다가왔다.

잠시 멈춰서 호흡을 길게 하며, 향기에 매료(魅了)되었다.

동문 가수인 윤형주 장로가 부른 노래 가운데, 〈우리들의 이야기〉가 있다.

이 곡은 번안곡이다. 남태평양 피지 섬(Fiji Island)의 민요곡 〈Isa Iei〉라는 이별곡이 원곡이다. 우리나라에서는 1970년대, 내가 대학 시절, 이 노래가 유행했다.

윤형주 장로가 작사한 가사가 갑자기 생각났다.

우리들의 이야기

윤형주

웃음짓는 커다란 두 눈동자
긴 머리에 말 없는 웃음이
라일락 꽃향기 흩날리던 날
교정에서 우리는 만났소

"웃음 짓는 커다란 두 눈동자 긴 머리에 말 없는 웃음이 라일락 꽃향기가 흩날리던 날 교정에서 우리는 만났소" 라일락 꽃향기 자욱한 대학시절의 캠퍼스가 내 머리에 떠오른다.

라일락 꽃향기
다른 사람들은 어떤지 모르지만, 나에게는 라일락 꽃향기가 매혹적이다.
왜 그런가?

라일락 꽃향기. 이미 향장산업에서는 라일락 향을 이용한 화장품 제품들이 많다. 조향을 연구하는 사람들이 향수를 만들 때에 대부분 에탄올, 정제수, 프로필렌글리콜과 향료로 조향한다. 조향베이스에는 탑, 미들, 베이스노트가 있다. 아로마향 자체로 치료를 하기

도 하므로, 아로마테라피라는 분야도 있다. 아로마향 성분 자체가
우리들의 심리를 치료해 준다.

내 마음이 치료를 필요로 하기에, 더 더욱 라일락 꽃향기에 심취
되는 것인가?

하여간

라일락 꽃향기는 좋다.

나는

인위적인 합성 향료 향기보다는 천연 꽃향기를 맡고 싶다.

자연 속에서의 향기들이 우리들의 삶을 치료하고 여유를 갖게 해
준다. 천연 향뿐만 아니라, 각종 채소, 과일 열매를 통해서도 우리들
의 건강은 치유된다.

나는

라일락 꽃향기 흩날리는 아파트 산책길에서

무르익는 2019년 봄을 맞이하고 있다.

분명 봄은 왔지만

내 마음은 늘 어지럽다.

무엇 때문인가?

어제는 5월 1일, '근로자의 날'이었다.

초등학생들이 체험학습으로 부모들의 손을 잡고, 시내 나들이로

많이 나왔다. 직장인들에게는 모처럼의 휴식시간인데, 자녀들을 위한 부모로서의 역할을 잘 하려는 모습이 보기 좋다.

평범한 소시민의 가장(家長)은 아내와 어린 자녀와 함께, 오붓한 시간을 보내는 것을 물끄러미 옆에서 보면서, 오히려 내 마음이 흐뭇해졌다.

그러나 어제도, 시청 앞, 광화문 광장 등에서는 기업체 노동조합 노조원들이 확성기를 틀어 놓고, 어떤 내용인지는 모르지만, 울긋불긋 커다란 깃발을 세워 놓고, 목소리 높여서 외치고 있었다. 지나가던 외국 관광객은 신기한 듯 카메라를 들이대고 사진을 찍고 있었다.

국회의원들도 거리로 나오고, 지금 대한민국은 소란하다. 나라 정치, 경제도 말이 아니다.

누구를 위한 몸부림이며, 절규이며, 흐느낌이며, 시나위인가?

이렇게 하면서 살아가야 하는가?

서로 더불어 한마음으로 양보하며 살아갈 수는 없는가?

라일락 꽃향기를 크게 호흡하며, 내 폐포(肺胞) 깊숙하게 들이마셔 본다.

그래도 마음은 답답하다. 우울하다.

나라, 사회, 교계, 교회, 학교의 일들을 둘러보아도, 모두가 똑같이 마음을 답답하게 한다. 어떤 기관이나, 공동체이든지, 최고 책임

자의 생각, 바른 생각이 중요하다는 것을 새삼 느끼며, 나 또한 기도하는 가운데, 더욱 겸손히 섬기려고 한다.

2019. 5. 2.

Believe you can and you're halfway there.

모란이 뚝뚝 떨어진 날

●●● 어제 아침, 학교 정원의 목련꽃이 벌써 떨어진 것을 보고 생각했다.

"금년 봄을 나는 제대로 맞이할 준비를 못했구나."

목련화의 우아한 자태를 외면하고, 상심에 젖어 있는 나에게 원망을 하며, 흙으로 떨어진 목련화가 가련하게 느껴진다.

마음의 여유가 없어, 언제 목련꽃이 피었는지도 모르고, 제대로 목련꽃을 감상도 못하고 떨어진 목련꽃을 보고, 갑자기 김영랑의 시 〈모란이 피기까지는〉의 한 구절 "모란이 뚝뚝 떨어져 버린 날"이 떠오른다.

모란은 목단이라고도 한다. 5월에 붉은 꽃을 피우는 것으로 알고 있는데, 내 마음은 4월초 하얀 꽃인 백목련의 추락을 가슴 아파하며, 5월의 모란을 생각했다.

〈모란이 피기까지는〉이란 시(詩)는 1934년《문학(文學)》지에 발표되었고, 1935년 간행된《영랑시집(永郎詩集)》에 수록된 시이다.

나는 아직 나의 봄을 기다리고 있을 테요
모란이 뚝뚝 떨어져 버린 날
나는 비로소 봄을 여읜 설움에 잠길 테요
오월 어느 날, 그 하루 무덥던 날
떨어져 누운 꽃잎마저 시들어 버리고는
천지에 모란은 자취도 없어지고
뻗쳐오르던 내 보람 서운케 무너졌느니
모란이 지고 말면 그뿐, 내 한 해는 다 가고 말아
삼백 예순 날 하냥 섭섭해 우옵내다
모란이 피기까지는
나는 아직 기다리고 있을 테요, 찬란한 슬픔의 봄을

고등학교 시절 열심히 암송한 소월의 〈진달래꽃〉이 이별의 징표로 형상화한 것과는 달리, 영랑은 모란을 봄의 절정, 즉 봄의 모든 것으로 상징화하면서, 삶의 보람, 삶의 목적을 거기에 귀결시키고 있다고 문학평론가들은 이야기한다. 하지만, 나는 봄의 절정이라기보다는, 상실감, 허탈감을 다루었다고 생각한다.

김영랑의 시 작품 가운데, 초기 시는 대부분 2행 연과 4행 연으로 이루어져 있다. 하지만, 〈모란이 피기까지는〉에서는 전체를 분연(分聯)하지 않고, 시 작품의 형식적 변모의 징후를 보였다. 그냥 단숨에 허탈감과 기대감을 함께 표현하고 있다.

1934년에 김영랑이 느끼는 감정, 상실감과 허무의식이 2017년 봄을 맞이하고 있는 내게도 같은 감정이 꿈틀거리기에, 오늘 아침에 이 시 구절이 떠오른 모양이다. "삼백 예순 날" 하염없이 슬픔에 잠기는 심정이 이해가 된다. "삼백 예순 날 하냥 섭섭해 우옵내다"
김영랑이 1934년에 나라를 잃은 허탈감이 지금 2017년 나에게도 다가오는 것은 무슨 뜻일까?

그냥 캠퍼스에 떨어진 목련화를 바라다보며, 단순한 아픔일 것이리라. 뭐 대단한 상실감이 있겠는가? 하지만, 작금 내 가슴은 답답한 심경임은 틀림이 없다. 바라다보는 이상향이 너무 현실과 동떨어져서, 여기서 오는 상실감이 왜 없겠는가?

이틀 동안 봄비가 내리고 나더니, 오늘 아침 창밖을 내다보니, 하늘을 향하여 새잎들이 기지개를 쭈욱 펴고 있는 것을 보게 되었다. 캠퍼스 곳곳에 산뜻한 연녹색의 향연이 펼쳐지고 있다. 겨우내 앙상했던 가지에서는 새잎을 만들어 내고 있다. 또 이렇게 한 해를 살겠다고 나무들은 결심을 하고 계획한 작업을 시작했는데, 나는 아직까지 추운 겨울이다.

모두가 존재의 가치를 지니고 한 해를 계획하고, 봄을 맞이하고 있는데, 내 마음은 우울하며, 존재 가치마저 상실해가고 있음에 삶이 눈물겹도록 시리고 아프다.

나의 마음은 무겁다. 어서, 봄을 맞이할 준비를 해야 하는데, 상실감이 크다. 이러저러한 이유로 상실감이 제법 크게 마음을 차지하고 있다. 사순절을 보내고, 부활주일을 맞이할 시점에는 새 힘을 얻어야겠다. 새 힘을 누가 주려는가? 아니다. 내가 새 힘을 찾아야 할 것이다.

2017. 4. 7.

제2부

생명

작디작은 생명이 더 고귀하다

2020년 7월 청포도

●●●　이전투구(泥田鬪狗)와 같은 진흙탕 속에서의 현실이 너무나도 싫다.

　　그런 모습에 나는 불면증에 시달리고, 세상은 시궁창 같은 역겨운 냄새를 풍기는, 구역질이 나는 지옥으로 변하고 있다. 사회도, 학교도, 교회도 똑같다.

　　그래서 나는 의도적으로 인간들이 싫고, 자연스럽게 자연을 좋아하게 되었고, 서정적인 생각을 지니고자 노력하고 있다.

　　오늘이 7월 7일이다.

　　1977년 7월 7일 오후 7시 7분 7초에 나는 대한민국 육군 이등병으로 군복무 중이었다. 그 때, 나는 '행운의 숫자 7'이 7번 나오는 순간을 지나치며, 내 스스로를 자족(自足)하는 시간을 보냈다. 하루 일과를 마치고 석식을 마친 후 내무반에서 조용히 쉬면서 순간을 보냈

던 참으로 오랜 추억의 자리에 잠자고 있는 젊은 시절의 일이 생각
난다.

정확하게 43년 전 일이지만, 그 순간을 생생하게 기억한다. 그냥
눈을 감고 감미로운 생각을 하고 있었다. 요즈음 말로 '멍때리기'를
하는 것이었다. 힘든 군대 졸병시절이었기에 의도적으로 기분 좋은
생각을 하는 것이다. 내가 서정적인 생각을 갖게 된 출발점이었는
지도 모르겠다.

7월, 하면 떠오르는 이육사의 시〈청포도〉

내고장 칠월(七月)은
청포도가 익어가는 시절

이 마을 전설이 주절이주절이 열리고
먼데 하늘이 꿈꾸며 알알이 들어와 박혀

하늘밑 푸른 바다가 가슴을 열고
흰 돛 단 배가 곱게 밀려서 오면

내가 바라는 손님은 고닲은 몸으로
청포(青袍)를 입고 찾아온다고 했으니

내가 그를 맞아 이 포도를 따 먹으면
두 손을 함뿍 적셔도 조으련

아이야 우리 식탁엔 은쟁반에
하이얀 모시 수건을 마련해두렴

이육사(李陸史, 1904~1944)의 본명은 이원록(李源綠)이다. 내 선친과
비슷한 경북 안동 출생으로 독립운동가이며, 일제 강점기 때에 끝
까지 민족의 양심을 지키며 북경 형무소에서 생을 마감한 일제 항
거 시인이다.

이육사는 1927년 장진홍(張鎭弘)의 조선은행 대구지점 폭파사건
에 연루되어 대구형무소에서 3년간 옥고를 치렀고, 그때 수인(囚
人)번호가 '264'였다고 한다. 이제는 많은 사람이 다 알고 있겠지만,
'264'를 따서 '이육사(李陸史)'라 지었다고 한다.

민족정신을 강하게 지녔던 이육사는 〈청포도(青葡萄)〉, 〈교목(喬
木)〉과 같은 작품들을 통해, 서정이 풍부한 목가적인 시로 일제 강
점기에 민족적인 비운을 소재로 강렬한 저항 의지를 나타내었던 것
이다.

이육사의 대표작이라 할 수 있는 〈청포도(青葡萄)〉, 〈교목(喬木)〉,
〈광야〉, 〈절정〉 등의 시 발표는 주로 《문장》, 《인문평론》, 《조광》,

《풍림》 등의 잡지을 통해 이루어졌고, 폐병으로 병원에 입원하기 전인, 1941년까지 창작 활동이 계속되었다.

이육사는 시작(詩作) 활동과 함께 독립운동에도 크게 헌신하여, 17번이나 형무소에 투옥되었다. 이육사는 1945년 광복을 1년 반 정도 앞에 두고 1944년 1월에 북경 형무소에서 안타깝게도 옥사했다.

청포도가 익어가는 7월

민족의 아픔이 한창인 시절, 고달픈 몸으로 청포(青袍)를 입은 내가 바라는 손님이 오셔서, 두 손에 함뿍 적실 정도로 청포도를 따 먹고, 파랗게 물든 두 손을 하이얀 모시수건에 닦고, 함박웃음을 나눌 수 있는 세월이 언제나 오려나.

이제 말없이 조용히 지나가고 있는 장맛비가 그치면, 어김없이 닥칠 폭염과 열대야를 무서워하며 미리 겁먹은 얼굴로 2020년 7월을 보내고 있다.

그냥 지그시 눈을 감고, 감미로운 생각을 하며, 어지러운 마음을 토닥이며 이 여름을 견디련다.

광야(廣野)

이육사

까마득한 날에
하늘이 처음 열리고
어디 닭 우는 소리 들렸으랴.

모든 산맥들이
바다를 연모해 휘달릴 때도
차마 이곳을 범하던 못하였으리라.

끊임없는 광음을
부지런한 계절이 피어선 지고
큰 강물이 비로소 길을 열었다.

지금 눈 내리고
매화 향기 홀로 아득하니
내 여기 가난한 노래의 씨를 뿌려라.

다시 천고의 뒤에
백마 타고 오는 초인이 있어

이 광야에서 목 놓아 부르게 하리라.

광야와 같은 요즈음 세상. 정말 광야에서 목 놓아 울고 싶은 심정이다.

세월 지나갈수록, 오직 한 분만을 의지합니다.

여호와여 주의 이름을 아는 자는 주를 의지하오리니 이는 주를 찾는 자들을 버리지 아니하심이니이다

(시편 9편 10절)

2020. 7. 7. 12시 33분

No man is an island.

희망(希望, HOPE)

●●● 희망, 영어단어로는 "hope"이다.

영영사전에 "hope" 단어에 대한 설명이 다음과 같이 되어 있다.

"a feeling that what is wanted will happen"
- Webster's New World Dictionary, Prentice Hall 출간

희망이란, 어떤 것이 미래, 앞으로의 상황에서 원하는 것(what is wanted)이 발생(will happen)하기를 기대하고 그렇게 느끼는(feeling) 것이다.

그렇다, 느끼는 것이므로, 다분히 정서적이고, 감성적인 것이다. 형이상학적(形而上學的)인 것이다.

그렇다면, 그 희망이 현실적으로 눈에 보이고, 손에 잡히고, 결과로 보여줄 수 있는 것이라면, 그것은 희망이라고 할 수 없을 것이

다. 인간들이 살아가면서 바라는 것, 돈과 같은 물질욕망, 계량적으로 크기를 보일 수 있는 큰 평수의 저택, 배기량이 많은 멋진 최고의 옵션을 지닌 자동차, 높은 지위에 오르는 권세욕 등과 같은 것은 희망이라고 할 수 없다는 것이다.

그런데, 우리의 삶 가운데에서, 희망이 없고 절망뿐이라고 탄식하고, 삶의 의욕을 잃을 때는 언제인가? 인간관계의 어그러지는 경우 즉, 친구에게서 배신을 당할 때, 상사로부터 치욕적인 말을 들을 때, 또는 사회생활을 하면서 입사 시험 등 선발시험에서 탈락했을 때, 직장 내에서 진급에서 누락되었을 때, 사업에 실패하였을 때 등에서 느끼는(feeling) 절망감이 온 마음과 육체를 엄습해 올 때 우리는 희망이 없다고 한다.

그렇다. 우리들은 삶 속에서 앞서 열거한 계량적인 것들이 달성될 수 없을 때 절망을 느낀다. 그런데, 과연 이런 것들이 인간 삶의 궁극적인 목표인가?

그러나 분명한 것은 희망은 미래를 꿈꾸며, 현재에 존재하는 것이다. 그러기에 절망감이 엄습해 왔을 때, 가장 희망적이라고 역설적으로 생각해 보면 어떨까? 과연 가능한 것인가?

가능하다고 생각한다. 바로 이것이 정신력의 차이라고 할 수 있다.

소유함으로 얻어지는 만족감이 희망이라고 할 수 없다. 인간은 참으로 간사하기에, 어떤 환경이 되더라도 만족할 줄 모르는 동물이라고 한다. 어느 정도 지위에 오르면, 더 오르고 싶고, 어느 정도

재물을 쌓으면 더 갖고 싶고, 내적으로 무한한 욕망이 꿈틀거리기 때문에, 더 소유하고 싶은 것이 인간의 본심인 것 같다.

그렇다면, 이 경우에도, 희망은 늘 최고에 도달하고 있다는 것인가?

아니다. 그렇지 않다. 이런 경우는 희망이 아니고, 욕망(慾望, desire)에 해당된다. 욕망도 희망과 마찬가지로 기대를 갖는 것이지만, 욕망은 욕정(慾情)의 상태에서의 더러운 것이 되고 말 것이다. 희망(希望)은 즐거운 마음에서 지니는 선하고 깨끗한 것이어야 한다.

그러면, 희망과 욕망은 모두 정신적인 세계에 존재하는데, 그 경계는 무엇인가?

그 경계는 인간 개개인의 정신세계를 형성하고 있는 나름대로의 잣대로 구분된다고 생각한다. 그 잣대를 얼마나 객관적이고, 건전하게 지니느냐에 따라서 다를 것이다.

"다 내려놓았더니, 모든 것이 다가온다."
"빈손이지만, 모든 것을 소유하고 있다."

위와 같은 말들이 이해가 되는가? 당연히 이해하기 어렵다. 우리가 살고 있는 3차원의 시대에서는 당연히 이해하기가 어렵다. 그렇지만, '희망'이라는 것은 현재의 정신세계에서 존재하는 미래를 바라보는 무한대 차원의 세계에서 존재하는 것이기에, 다시 생각하고 다시 생각해보면, 위의 말들이 가능하다고 생각한다.

기독교의 사도바울은 신약성경 빌립보서 4장에서 다음과 기록하고 있다.

> 내가 궁핍하므로 말하는 것이 아니니라 어떠한 형편에든지 나
> 는 자족하기를 배웠노니
> 나는 비천에 처할 줄도 알고 풍부에 처할 줄도 알아
> 모든 일 곧 배부름과 배고픔과 풍부와 궁핍에도 처할 줄 아는
> 일체의 비결을 배웠노라
> 내게 능력 주시는 자 안에서 내가 모든 것을 할 수 있느니라
>
> (빌립보서 4장 11~13절)

자족(自足, self-sufficiency, content)하기를 배우면, 절망이 사라지며, 희망이 생기며, 삶이 역동적이며, 희망은 현실로 다가온다.

"교회용어사전"(생명의말씀사, 2013년 출판)에서 "자족"이라는 단어를 아래와 같이 풀이하고 있다.

스스로 넉넉함을 느낌. 스스로 만족하게 여김. 신앙적 측면에서 자족은 모든 일과 상황에서 하나님의 섭리를 인식하는 데서 비롯된

다(출애굽기 2:21, 시편 23:1~6).

사도 바울은 어떤 형편에 처하든지 자족하는 법을 배웠다고 했다. (빌립보서 4:11).

자족은 그리스도께서 그 인격과 삶 속에 사시는 자의 한 특징으로서(고린도후서 4:7~15), 경건생활에 큰 유익이 된다. (디모데전서 6:6~8).

"N포세대"인 우리나라의 30대 젊은이들에게 '희망'을 지니라고 말하고 싶다.

나라 경제의 어려움, 정치적인 소용돌이, 국가안보의 위태로움 등 비관하고 '절망'하게 만드는 것이 너무도 많은 세상이지만, 소확행(小確幸)을 지니고 '희망'의 내일을 꿈꾸며, 즐겁게 살며, "작은 것이 아름답다."라는 것을 배워 나갔으면 좋겠다.

우리나라 불교 승려 법정은 '무소유'라는 제목의 수필집을 남기기도 했다. '무소유', 지닌 것의 실체를 느끼지 않고 살아가는 삶의 지혜는 기독교의 사도바울의 '자족' 정신과 비슷하다.

세상만사(世上萬事) 마음먹기에 달려 있다.

2019. 9. 3.

삶 속에서의 정(情)

●●● 삶

  나는 국어학자는 아니지만, 대학생 때부터 "삶, 사람, 사랑은 어원이 같다."라고 생각해 왔다. 정말 사람이 일생을 살아가면서 사랑이 없이는 어떠한 것도 할 수 없다고 느낀다. 그러기에 '삶과 사람과 사랑'은 같이 존재해야 하며, 그 어원도 같다고 생각하는 것이다.

  고등학교 시절, 친구들과 논쟁을 한 적이 있다. 주제는 "사람은 먹기 위해 사는가? 아니면 살기 위해서 먹는가?"라는 것이었다. 우리가 중고등학교 다닐 때에는 꽤 어른스런 주제를 갖고 철학적인 논쟁을 하곤 했다. 결론은 없었다. 나는 그때에 "어떻게 사람이 먹기 위해 사는가?"라는 질문을 하면서, 해야 할 일을 성취하기 위해서 즉 "존재하기 위해서 에너지를 섭취(攝取)하는 것이 당연하지." 라고 생각했다.

하지만, 직장에 들어가고 세상을 조금 알면서부터는 "목구멍이 포도청이다."라는 말을 실감하면서, 살기 위해 일을 하는 참으로 세상적이고 형이하학적인 삶을 살았다.

그러다가, 최근에 와서는 역시 고등학교 시절, 대학 시절에 생각한 "살기 위해서 먹는다."라는 것이 맞는 생각이라고 느끼면서 제정신으로 돌아온 느낌이다.

이제 내 나이가 예순은 지났기에 삶을 논하기에는 충분한 경험을 했다고 생각한다. 그러면서도 한편으로는 아직도 내가 삶을 논할 수 있는 자격이 되는가 스스로 묻게 된다. 하지만, 삶이 "이러한 것이다."라고 나름대로의 피력을 할 수 있지 아니한가라고 답하고 싶다. 아니 삶에 대한 생각을 나누고 싶다.

사람

사람을 생각하기 전에, "나는 누구인가?"를 우리는 아마 태초 천지창조 때부터 끊임없이 묻고, 생각하고, 그리고 논(論)했을 것이다.

"나는 누구인가?" 이런 제목의 책이 많다. 인류 창조 이후 수 많은 사람이 생각하는 문제라는 것이다. 인간 존재에 대한 많은 철학, 교양서적들이 출판되고 있다.

"Who am I ?" 또는 "Where I am from ?"

나는 누구인가?

프랑스의 수학자, 물리학자이자 철학가이며 그리스도교 사상가인 Blaise Pascal(1623~1662)은 그의 책《팡세》(Pensées, '생각'이라는 뜻)에서 "사람은 생각하는 갈대"라고 한다.

다음은 팡세에 나오는 유명한 내용이다.

"인간은 자연에서 가장 연약한 갈대에 불과하다. 그러나 생각하는 갈대이다."

그렇다. 인간은 생각하기 때문에 존재하는 것이다. 흔히 이야기하는 '생각' 있는 녀석이 역시 인간다운 것이라는 것이다. 하지만, 우리의 주변을 돌아보면 정말 '생각' 없는 사람들이 너무도 많다. "인간아 인간아 왜 사냐?"라는 속된 말을 하고 싶은 사람들이 너무도 많다는 것이다. 치졸하게 자기 자신의 이익만을 추구하는 못된 사람들이 많다는 것이다. 그러기에 사회는 악한 모습으로 변화해 가는 것 같다.

성경에 보면, 어린아이와 같은 마음들이 우리의 원래의 모습이었다면, 맹자의 성선설(性善說)이 맞기는 한데, 아담과 이브의 원죄에 때문에 인간은 태어날 때부터 이미 더러운 심성을 지니고 태어나는 것 같다.

Socrates는 "너 자신을 알라", "그리스어: γνῶθι σεαυτόν (그노티 세 아우톤)", "라틴어로: nosce te ipsum (노스케 테 입슘)"은 누구나 알고 있는 말이다. 그런데 "너 자신을 알라"는 말은 Socrates가 직접 한 말이 아니고 인용한 말이다.

Socrates(그리스어: Σωκράτης 소크라티스, BC 470~399)는 고대 그리스의 철학자이다. 기원전 469년 고대 그리스 아테네에서 태어나 일생을 철학의 제 문제에 관한 토론으로 일관한 서양 철학의 위대한 인물로 평가되고 있다. Socrates는 예수, 공자, 석가와 함께 세계 4대 성인으로 불린다. 실존철학의 거장인 카를 야스퍼스의 저서《위대한 사상가들》에서도 그렇게 보고 있다.

"너 자신을 알라." 정말 우리는 우리 자신을 모르고 일평생을 살아가는 것 같다.

Socrates가 40세 때 그의 친구이자 제자였던 Chaerephon이 Delphi 신전에 가서 "아테네에서 가장 현명한 사람이 누구입니까?" 하고 Apollo 신에게 물었다. 신전의 무녀는 "Sophokles(BC 497~406)는 현명하다. Euripides(BC 480~406)는 더욱 현명하다. 그러나 Socrates는 모든 사람 중에서 가장 현명하다"고 대답했다. Chaerephon은 몹시 기뻐서 즉시 Socrates에게 전했다. 그러나 이를 전해들은 Socrates는 크게 놀랐다. 그 스스로 무지하다는 것을 잘 알고 있기 때문이다.

평소에 신전의 비문(碑文) "Gnothi Seauton(너를 알라)"을 외우고 다녔던 Socrates야말로 그들보다 적어도 한 가지 사실(자신이 무지하다는 사실)을 더 알고 있었다는 것이다.

〈Le Penseur〉 생각하는 사람.

유명한 France 조각가 A. Rodin(1840~1917)의 1880년 작품이다. 프랑수아 오귀스트 르네 로댕(François Auguste René Rodin)은 프랑스의 조각가이지만, 근대 조각의 시조이며, 근대 조각 사상 가장 위대한 조각가라는 평을 받고 있다.

생각하는 사람.

사람이 존재한다는 것은 생각하고 있다는 것이다. 그 생각에 무엇을 담고 있느냐 하는 것이 그 사람의 존재 가치를 나타낸다고 생각한다.

사람은 본 대로 느끼고 배우고 행동한다. 사람뿐만 아니라 짐승도 본 대로 느끼고 행동한다. 그러기에 우리는 좋은 것을 봐야 한다. 삶의 환경이 좋아야 한다. 물질적인 환경이 아니라 정신적인 환경이 중요하다. 환경은 사람들 스스로가 함께 만들어 가는 것이다.

사람(人)

"사람 인(人)"

결국 사람은 혼자 존재하는 것이 아니다.

더불어 함께하는 공동체를 형성하면서 살아가는 것이다. 서로 도

우며, 선(善)한 공동체를 만들어 가는 것이다.

그러기에 맹모삼천지교(孟母三遷之敎)라는 말이 있지 아니한가?

사람은 선(善)한 것을 보아야 한다. 선(善)한 것을 배우면서 사람은 인류사(人類史)를 엮어 가는 것이다.

사랑

그러기에 굳이 성경 고린도전서 13장에서의 사랑을 논하지 않더라도 사랑은 고귀한 것이다.

어린 시절에는 "사랑"이라는 단어만 나오면 남녀간의 Eros 사랑을 상상하며 얼굴빛이 붉어지곤 했다.

하지만 이 Eros 사랑도 무조건 성 욕망적인 사랑은 아니라고 생각한다. Eros는 성적(性的) 열정으로부터 배움에 헌신하는 것에 이르기까지 다양하지만 궁극적인 대상은 아름다운 것들이다.

Eros 단어는 Platon에서 시작되어 Neo Platonist들과, 초대 기독교와 14~16세기 유럽에서 일어난 문화 운동의 출발점인 Italian Renaissance 때에 이르기까지 널리 통용되었다.

Renaissance는 고대 그리스와 로마의 학문과 지식을 부흥시키고자 하는 움직임이었다.

Renaissancism의 시작은 人文主義 운동이다. 인문주의가 처음 발생하고 열매를 맺은 곳은 바로 Italia이다. 그러기에 르네상스를

Italian Renaissance라고 표현한다.

Eros 의미를 Greece 고전에서 살펴보면, Greece 시인으로 눈먼 음유시인으로 유명하고 서사시의 걸작 〈Ilias〉와 〈Odysseia〉의 저자로 추정되는 Homeros가 Eros라는 단어를 사용했다. 그는 창조주를 지칭해서 이 말을 사용했던 것이 아니라 일반 명사인 사랑, 욕망의 뜻으로 사용했다고 한다.

고전적인 Eros를 살펴보면서, 흔히 생각하는 천박한 욕정적(慾情的)인 사랑은 아니라고 생각하며, 인간이 타고난 성정적(性情的)인 자체는 아름다운 것이라는 생각을 하게 되었다. 즉 사랑을 미학적(美學的)으로 느껴야 하는 것이다.

흔히들 사랑을 4가지 또는 5가지로 분류한다.

사랑을 4가지로 분류할 때에는, 남녀 간의 육체적이고 정열적인 Eros, 친구나 전우들과 같이 동료적이고 우정적인 Philia, 육체적인 사랑이 아닌 순수하게 정신적인 Platonic Love, 희생적이고 조건 없이 베푸는 Agape로 나눈다. 사랑을 3가지로 나누는 사람들은 Eros, Philia, Agape만을 거론한다.

사랑을 5가지로 분류할 때에는, Eros, Philia, Agape 외에 가족 간의 사랑, 혈육 간의 애정, 우정이나 연민과 같은 것을 의미하는 사랑 Storge, 오로지 쾌락만을 추구하는 성적(性的) 욕구 충족 사랑 Epitumia를 추가한다.

세계적으로 유명한 유태인 독일계 미국인 사회심리학자이면서 정신분석학자, 인문주의 철학자인 Erich Seligmann Fromm(1900~1980)은 그의 저서 《The Art of Loving》이라는 책에서는 사랑을 5가지로 분류하고 있다.

《The Art of Loving》이라는 책은 이미 오래전 1956년에 세계적인 베스트셀러가 된 책이다. 나는 Erich Seligmann Fromm이 1976년에 발표한 "To Have or To Be" 《소유냐 존재냐》의 책과 함께 대학시절 《The Art of Loving》 책을 탐독했다.

Erich Seligmann Fromm의 그의 책 《The Art of Loving》에서 5가지 사랑은 "사랑은 배려와 관심", "사랑은 책임을 지는 것", "사랑은 상대방 존경하는 것", "사랑은 이해하는 것", "사랑은 주는 것"이라고 표현했다. Erich Seligmann Fromm은 개인적인 성향의 사랑을 논하지 않고, 사회 구조 속에서의 사랑, 즉 우리의 삶 속에서의 정(情)을 이야기했다. 더불어 함께 살아가는 우리의 삶 속에서 사랑은 나를 위한 것이 아니라 서로를 위한 것이다.

삶을 살아가면서, 서로 따스한 정(情)을 주고받으며 살아가는 세상이 되었으면 좋겠다. 그동안 우리는 "정(情)"을 잃어버리고 살아왔다. 인간미 없는 그런 세상을 인간 스스로가 만들어 온 것이다. 우리는 이런 사회를 만들려고 그렇게 땀 흘리며 아옹다옹 씨름하면서 경쟁하면서 일을 해 온 것인가? 초심으로 돌아가자. 마음의 에덴동산으로 돌아가야 한다.

1960년대처럼 이웃 간에 정이 있는 세상을 만들어가자.

나는 1960년대에 서울 한복판 옛 덕수궁 궁터였던, 지금은 예원학교 땅이 되어 버린 정동 1번지 45호에 살았다. 내가 1960년대 살던 오래된 한옥이 어쩌면 궁궐의 부속 건물이었는지도 모른다. 바로 옆이 복원된 중명전이기 때문이다. 중명전은 과거 조선시대 말기 궁궐로 사용되었을 때에 임금의 도서관이었다고 한다.

중명전은 1901년 지어진 황실도서관으로 처음 이름은 수옥헌(漱玉軒)이었다. 1904년 경운궁(慶運宮, 1907년 고종이 순종에게 왕을 물려주면서 고종의 장수를 빈다는 의미에서 덕수궁으로 개칭)이 불타자 고종의 집무실인 편전이면서 외국사절 알현실로 사용되었다. 1906년에 황태자(純宗, 조선 27대 왕)와 윤비(尹妃)와의 가례(嘉禮)가 중명전에서 거행되었으며, 중명전은 을사조약(乙巳條約)이 체결되었던 비운(悲運)의 장소이기도 하다. 일제강점기에 접어들어 덕수궁을 축소시키면서 1915년에 외국인에게 임대되어 1960년대까지 "경성구락부(Seoul Union), 서울구락부"로 사용되었다.

내가 정동에 살았던 1960년대에는 "서울구락부"에서는 매일 밤 요

란한 밴드 음악이 흘러나오는 사교장이었다. "서울구락부"의 정문
은 마치 중앙정보부처럼 검정색 철문이었던 것으로 지금도 기억하
고 있다. "서울구락부"에서 흘러나오는 밴드 소리는 공부하는 데 방
해가 될 정도였지만, 그 당시에는 어느 누구도 감히 시끄럽다고 불
평조차 못했던 시절이었다. 이런 교육환경 속에서도 나의 형은 종이
로 귀마개를 하고 공부를 해서 경기중학교 수석으로 입학하였다.

지금의 예원중학교 자리는 1960년대에도 선교사 집이었다. 1890
년대에는 언더우드와 아펜젤러가 살았다고 한다. 그 선교사 집 뒤
로는 미국대사관이 자리를 잡고 있으며, 옆으로는 러시아영사관이
자리 잡고 있다가, 러시아영사관 자리는 6·25 동란 이후, 피난민들
이 수도 서울로 상경하여 모여 살았다. 우리는 구(舊) 러시아 영사
관을 당시에는 "쏘련영사관"이라고 불렀으며, 그 자리에는 어려운
사람들이 밀집해서 살았다. 나는 이화여고 건너편인 지금 "중명전"
바로 옆에서 어린 시절을 보냈으며, 추억의 정동 골목길과 덕수궁
돌담길은 나의 초등학교 등하교 길이었다.

어떤 이들은 1980년대에도 이웃 간에 정이 있었다고 생각하는
것 같다. 그러기에 2016년에 추억의 쌍문동을 배경으로 〈응답하라
1988〉 드라마가 우리의 마음을 움직이기도 했다.

〈응답하라 1988〉 우리 삶의 진솔한 이야기들을 담은 드라마이기
에 많은 공감을 했다고 생각한다.

정동이 되었든, 쌍문동이 되었든, 그런 정(情)이 넘치는 우리네 마을을 만들자. 진수성천의 맛난 음식들이 즐비한 식탁은 전혀 아니었지만, 조그마한 원형의 밥상에 오순도순 온 가족이 모여 앉아 식사를 하던 1960년대의 정동시절이 그립다.

정말 "소가 지나간" 고기 한 조각 없는 소고기국의 무(무우) 조각이라도 있으면 좋아했던 옛날이 그립다. 그런 것이 삶 속의 정(情)인 것 같다. 이웃 간에 음식도 나누며 해맑은 웃음을 머금고, 정감이 넘쳐나는 우리네 삶, 세상이 되었으면 좋겠다.

2017. 1. 12.

Knowledge is power.

세상적인 욕망

●●● 매일 아침 이메일로 전해지는 김진홍 목사의 아침 묵상 칼럼이 때로는 내 마음을 움직이는 경우가 있다. 오늘 아침 묵상이 그러하다. 오늘 아침의 묵상은 다음과 같다.

변하는 것과 변하지 않는 것 2015-08-25
김진홍 목사의 아침 묵상
신약성경 요한1서 2장에 이르기를 세상에 속한 것 3가지가 있으니 "육신의 정욕과 안목의 정욕과 이생의 자랑"이라 하였다. 이들 3가지는 인간 세상에서 어느 시대, 어느 곳에서나 직면하게 되는 것들이다. 창세기 3장 6절에서 인류가 처음 범죄하던 때의 기록에서도 "먹음직하고(육신의 정욕) 보암직하고(안목의 정욕) 탐스러웠다(이생의 자랑)"고 하였다.

마태복음 4장에 의하면, 예수님께서 광야로 나가시어 40일 금식하시던 때에도 역시 3가지 시험이 있었다. 돌이 떡이 되게 하라는 시험(육신의 정욕), 높은 곳에서 뛰어나리라는 시험(안목의 정욕), 천하 만국을 다스리는 권력을 주겠다는 시험(이생의 자랑)이 시험으로 다가왔다. 우리가 크리스천으로 세상을 살아가는 동안, 누구에게나 이들 3가지 시험이 다가오게 마련이다. 이런 시험에 자신을 잃지 말고 꿋꿋이 자신을 지켜 나가는 삶이 되어야 한다.

요한1서 2장에서는 변하는 세상에서 변하지 않는 것들 3가지를 일러 준다. 세상도 변하고 정욕도 변하지만 영원히 변하지 않는 것 3가지를 일러 준다.

"이 세상도 그 정욕도 지나가되 오직 하나님의 뜻을 행하는 이는 영원히 거하느니라"

(요한1서 2장 17절)

이 땅에는 모든 것이 변하고 변질되어 가지만 그 중에서 변하지 않는 것 3가지가 있다.

첫째는 하나님이 변하지 않는다.

둘째는 변하지 않는 하나님의 말씀이 변하지 않는다.

셋째는 변하지 않는 하나님의 변하지 않는 말씀을 지키는 하나님의 사람들이 변하지 않는다.

변하는 세상에서 살지라도, 변하지 않음을 지켜 나가는 세상의 파수꾼이 될 수 있어야 한다. 그런 파수꾼들이 세상의 주인이 되고, 나라의 주인이 되어, 세상을 이끌어 나가는 사람들이 되어야 한다.

요한1서를 통하여 우리들에게 오늘도 말씀해 주신다. 그런데도 우리는 세상의 안목에 빠져서 육신의 욕망대로 살아가며, 하나님께서 나의 편이 되어 주길 바라는 어리석음을 범하고 있다. 나의 삶이 온전히 나만을 위한 삶이라는 생각이 팽배해 있을 때에는 당연히, 하나님을 믿는다고 하면서도, 내 뜻대로 나의 고집대로 살아가고 있음을 고백한다.

디모데후서 3장 2절에서 5절 말씀에 "돌아서라"라고 사도 바울은 아들 디모데를 향하여 마지막 가르침을 전하고 있다.

사람들이 자기를 사랑하며 돈을 사랑하며 자랑하며 교만하며 비방하며 부모를 거역하며 감사하지 아니하며 거룩하지 아니하며
무정하며 원통함을 풀지 아니하며 모함하며 절제하지 못하며 사나우며 선한 것을 좋아하지 아니하며
배신하며 조급하며 자만하며 쾌락을 사랑하기를 하나님 사랑하는 것보다 더하며

경건의 모양은 있으나 경건의 능력은 부인하니 이와 같은 자
들에게서 네가 돌아서라

어쩌면, 하나님께서는 지금의 내 모습을 질책하시는 듯, 2천 년 전에 이미 사도바울을 통해서 말씀하셨으니 놀라울 따름이다. 그러니 살아계신 하나님의 말씀이리라.

요즈음 개인주의가 너무 팽배하고 있다. 민족보다는 내 가족을 먼저 생각하며, 철저하게 개인주의화하는 현실에 서글퍼진다.
물론 내 자신도 같은 부류이기에, 누구를 탓하리요마는, 진정 우리가 살아가는 세상이 하나님의 정의와 평강이 이 땅에 임하며 하나님 나라가 편만(遍滿)하게 이 땅에 펼쳐지기를 바란다. 그러나 이상향(유토피아)이 되지 못하고, 공멸(共滅)의 길로 치닫고 있는 게 현실임을 부인하지 못한다.

우리가 세상을 떠날 때에는 육신은 딱딱하게 굳으며, 싸늘한 시신은 흙으로 돌아간다. 그런데도 마치 천년만년 살 것 같이 내 한 몸, 잘 먹고 잘 살겠다고 '무한경쟁시대에는 다투어서 살아남는 자가 강자(强者)'라는 생각에, 남과 다투며 아웅다웅하는 스스로의 모습에 비통해지는 것을 금할 수 없다.

이런 세상과 짝하고 있는 무리에서 너는 "돌아서라"

돌아서라.

회심하라.

초심으로 돌아가라.

인생의 참 진리에 거하라.

"돌아서라"와 "내려놓음"은 의미가 같다고 생각한다.

세상적인 욕망에서 돌아서는 것, 세상적인 욕망을 내려놓고, 하나님의 부르심에 응답하는 삶이 진정한 크리스천의 '제자 됨'의 삶이라고 본다.

"돌아서라"는 명령이며, "내려놓음"은 회개의 행동이라고 본다.

내 스스로가 코람데오(Coram Deo), 하나님 앞에서 철저한 회개를 하며, 부르심에 응답하는 것이 '내려놓음'이다. 세상에서 변하는 썩어질 것에 목숨을 걸고, 세상에서 변하게 되는 영원하지 아니한 것을 쟁취하기 위해서, 일평생 살아간다면, 참으로 이런 삶은 세상적인 욕망을 따르는 삶일 것이다.

나에게 주어진 고귀한 생명을 우아하게 지니고 살아가고 싶다.

2015. 8. 25.

판자촌

●●● 나는 한국전쟁이 끝난 후, 서울로 상경한 부모님 덕택에, 1954년 6월 25일 새벽 4시에, 당시에는 서울 동대문구에 속했던 창신동 산 꼭대기 판자촌에서 태어났다.

이곳은 피난민들이 모여 살았던 곳이라고 한다. 누가 내다 버린 사과궤짝을 주어다가 벽을 치고, 신문지로 도배를 해서, 밤에 밖의 불빛이 도배한 신문지벽을 통해서 다 들어오는, 한겨울에는 이불을 감싸고 잠을 자더라도, 추위로 얼굴이 퉁퉁 붓는 그런 판자촌에서 나는 세 살까지 살았다고 한다.

그 이후 부모님 덕택으로 학교사택인 종로구 옥인동에 살다가, 다시 사택으로 이사를 했다. 당시에는 서대문구 소속이었던 덕수궁 바로 옆 중명전이라는 곳의 바로 옆 정동 1번지 45호에서 살면서 세칭 일류 국민학교라는 덕수국민학교에서 초등학교 시절을 보냈다.

정동에 살면서, 러시아영사관 자리였던, 당시 소위 소련영사관 자리였던 정동 판자촌을 기억한다. 정말 어렵게 사는 사람들이 많았다. 심지어 길보다도 낮게, 땅 밑으로 방이 만들어진 그런 곳에서 살아가는 사람들을 직접 내 눈으로 보면서 성장했다. 그 판자촌 바로 옆 남쪽은, 지금은 예원중학교 부지가 된, 으리으리하게 크나큰 3층짜리 미국선교사의 집이 있었다. 나는 그 선교사집과 정원을 담 하나 사이에 두고 학교 교직원 사택에서 살았다.

선교사 가족들이 외제차를 타고 선교사집에서 외출하는 날에, 친구들과 나, 우리들은 영어로 "헬로 아임 베리 헝그리, 깁미, 시가렛 앤 초코렛"을 무슨 의미인지도 모르고 외치면, 선교사가 사탕을 자동차 유리창 밖으로 던져주었다. 우리에게는 선교사집 안의 먼지 나는 길바닥에 엎드려 떨어진 사탕을 서로 먼저 주우려고 했던 슬픈 어린 시절이 있었다. 이 일을 자랑스럽게 집에 가서 얘기해서, 호되게 야단을 맞았던 기억이 난다. 한국전쟁이 끝난 지 불과 6년이 되지 않았던 시기였다.

내가 살았던 학교 교직원 사택은 조선시대에는 덕수궁 궁터였으며, 19세기말 언더우드 선교사가 살았던 곳이며, 초창기 정신여학교가 위치했던 곳이다. 지금은 예원중학교 운동장으로 편입되었으며, 남쪽으로 바로 그 옆은 덕수궁 중명전으로 복원된, 1960년대 당시에는 '서울구락부'가 자리 잡고 있었다.

1960년대 내가 초등학교시절에, 서울구랍부에서는 매일 밤 요란한 밴드소리가 났으며, 술 파티가 벌어지며 춤추던 곳이었다. 나는 바로 옆에 살았지만, 어느 누구도 그 요란한 파티 소리에 민원을 제기할 용기가 없었다. 그 다음 날, 공터로 내다 버려지는 엄청난 양의 음식물 쓰레기와 호화스러운 물건들을 보면서 어린 나이의 나에게는 그곳이 굉장한 호기심의 대상이었다.

서울 정동은 당시 덕수궁 궁터였으며, 조선시대에 서민들의 땅을 줄 수는 없었기 때문에, 사대문 문안에 위치한 덕수궁 궁터의 일부를 외국인 선교사, 외국 공사관으로 제공했던 것 같다. 한국의 기독교 감리교와 장로교의 태동이 바로 정동에서 시작한 것이며, 지금도 덕수궁 주변으로 이화학교, 예원학교, 배재학교 터, 과거 피어선학교, 성공회, 구세군, 정동제일교회, 감리교본부, 미국대사관, 구소련(러시아) 영사관 등이 위치해 있다.

이렇게 나는 어린 시절부터 판자촌과 으리으리한 집이 같이 공존하는 서울 한복판에서 성장했다.

정동에서 옛날 서울중학교 자리가 보이는, 동쪽으로 조금 더 나아가면, 광화문 대로변 신문로길이 나온다. 과거 서울중학교 자리이며, 현재 경희궁이 위치한 그 길의 건너편은, 지금 시티은행이 위치한 길은 과거에 피어선학교 건물이 있었으며, 좌우로 즐비하게 의족(義足), 의안(義眼) 등을 판매하는 상점들이 많았다.

한국전쟁 이후라서, 다리를 다치고, 눈이 없는, 몸이 불편한 사람들이 많았다는 것을 알 수 있다. 지금은 의료보험으로 또는 국가에서 보상금을 받아서 치료를 받을 수 있지만, 당시에는 다리가 없어서 그냥 지팡이를 짚고 다니는 사람들이 많았다. 경제적인 형편상 서민들은 의족을 할 수도 없었다. 지금과 같이 기능이 되는 의족이 아니라, 그냥 다리와 발목 형태만 있는 그런 제품들이었지만, 그것도 아무나 착용하기가 어려운 그런 시절이었다.

정동에서 서쪽으로 조금 더 나아가면, 서대문로터리가 나오고, 그 뒤로 냉천동 판자촌들이 있었다. 그곳은 1960년대에도 판자촌이 즐비했다.

나는 1960년 이전에는 청계천에도 판자촌이 즐비했던 것을 사진으로 보았으며, 실제 청계천 판자촌은, 청계천 8가 쪽에 위치한 빈민가촌을 1960년대 후반 중학생이 되어서 보았다.

그러다가 나는 그 뒤로 판자촌을 볼 수 없었다. 아니, 나는 고등학교 시절은 공부하느라고, 대학시절은 노느라고, 우리네 삶의 아픈 모습들을 애써 외면하면서 살았기에 볼 수 없었던 것 같다.

"판자촌, 달동네, 산동네, 쪽방촌" 등으로 불리우던 1950년대, 1960년대 우리의 삶의 애환이 서린 곳이 이제 서울에서는 서서히 자취를 감추는 것 같다.

    판자촌 달동네는 영어로 shanty towns, poor hillside village 등으로 표현될 수 있다. 산꼭대기에 살기 때문에 밤에 달이 잘 보인다고 해서 "달동네"였다. 그러나 "달동네"는 오히려 정감이 있는 단어이다.

    20세기 초, 일본식민지 시대에 어렵게 살다가, 1945년 광복이 되면서, 일본으로 피신했던 또는 외국으로 피신했다가 귀국한 동포들과, 남북 분단 이후 월남한 피난민들이 도시에 산비탈 등 외진 비교적 높은 곳에 판자로 집을 짓고 살기 시작한 것이 판자촌이다. 대표적인 곳이 바로 용산 꼭대기에 위치한 지금은 '신흥로'라고 이름이 붙여진 '해방촌'이었다.

    달동네가 본격적으로 생겨난 것은 한국전쟁이 종식된 1953년 이후이다. 그러다가 경제개발이 급속하게 추진되기 시작한 1960년대부터라고 할 수 있다. 무작정 도시로 이동한 이농자들이 단순노동 등으로 도시빈민층을 형성하면서, 만성적 빈곤과 실업 상태에서 이들이 접근 가능한 주택은 산비탈에 있는 매우 저렴한 불량주택뿐이었던 것이다.

    당시는 서울 외곽이었던, 신림동, 봉천동, 사당동, 양평동, 목동, 삼양동, 창동, 상계동, 안양천변, 청계천변 등이 대표적인 달동네, 판자촌 지역이었다. 정부에서는 이들이 국공유지를 무단 점거해서 거주하더라도 묵인하기도 했으며, 한편으로는 1970년 전후로 국공유지에 집단으로 다시 정착하도록 유도한 것도 달동네가 확산되는 계기를 제공하기도 했다. 서울의 청계천을 비롯한 판자촌을 철거해서 광주(경기도 성남)로 강제 이주시키기도 했다.

1980년대에 들어서면서 도시 외곽의 달동네는 개발의 요지가 되었다. 대표적인 곳이 상계동 판자촌이었다. 개천을 앞에 두고 판자촌에서 살던 주민들을 강제 이주시키면서, 마찰이 일어났다. 농촌을 떠나 도시생활에 적응하기 위한 기착지, 삶의 터전이었던 정감어린 곳을 떠나게 되는 도시빈민층의 아픔이 서린 곳이다. 서울올림픽을 앞두고 상계역 주변은 개발되기 시작하여, 아파트로 변모되었지만…

1960년대 이후 약 40년 동안 도시빈민 주거지역의 전형이었던 달동네의 도시빈민촌은 이른바 달동네 문화라고 부를 만큼 능동적이고 건강한 빈민문화를 이루었다. 이곳에서 1970년대에 활동한 목사가 '새벽을 깨우리라'라는 책의 저자인 김진홍 목사이다. 김진홍 목사는 1971년에 청계천 빈민촌에서 전도사로서 활빈교회를 개척하고 참으로 의로운, 외로운 목회를 했다. 김진홍 목사는 남양만 간척지에 두레마을을 설립하고, 그 이후 구리 두레교회를 개척하고 크게 부흥시킨 대단한 목사이다. 김 목사는 지금도 포천에서 귀한 목회활동과 기독교 교육 사업, 친환경 농업 등을 펼치고 있다.

그러나 1980년대 이후 진행된 재개발사업으로 달동네의 빈곤층들은 또 다시 이주를 하게 되고, 비교적 주거비가 싼 곳을 찾아 단독주택지의 임시블록 벽돌집, 햇볕 들지 않는 지하방, 건물 옥상에 외부계단을 만들어서 형성된 옥탑방, 논밭 가운데 비닐과 폐 헝겊으로 형성된 비닐하우스, 겨우 한사람 쪼그리고 잘 수 있을 정도로 좁은 쪽방 등으로 흩어졌다.

한참 뒤, 내가 군대를 다녀오고 대학에 복학하고 난 뒤, 1970년대 중반 신림동에 살았다. 휴일에 산책하러 동네를 다니다가, 신림동에서 서울대학교 쪽으로 향하는 개천을 지나, 남쪽으로 높은 산 동네를 지나가면서 달동네를 다시 보게 되었다. 난곡마을이다. 난곡마을은 1960년대 초에 청계천 등 서울 도심이 정비되면서 생긴 2,600여 세대가 강제 이주되어 이루어진 곳이다. 1970년대 한때 전국에서 13,000여명이 몰려들어 최대의 규모를 이루었다고 한다.

난곡마을은 봉천동, 돈암동, 사당동 등 서울의 다른 달동네들이 1980년대 후반 몰아친 재개발로 아파트촌으로 바뀔 때에도 그대로 남아 있던 곳이다.

2001년 10월에 서울의 마지막 달동네인 난곡이 아파트 재개발 사업 대상으로 지정되었다. 2003년 4월 30일 완전히 철거되었고, 2002년 7월 대대적인 재개발이 시작된 지 4년만인 2006년 8월 신림동 난곡지역이 대규모 아파트 단지로 새롭게 탈바꿈하였다.

나는 신혼 초인 1980년대 초에는 강서구 염창동 29평형 빌라에서 살았다. 1983년에 염창동 빌라를 새로 분양받아 이사해서 10년 정도 살았다. 이곳 염창동에서도 나는 달동네 쪽방촌을 보고, 이렇게 어려운 환경 속에서도 살아가고 있는 사람들이 많다는 것을 또 다시 느끼며, 내 자신 삶에 대해서 많이 반성했다. 염창동 산 1번지의 쪽방촌은 자그마한 구릉지 같은 지역에 어지럽게 집을 짓고 살고 있었던 곳이다. 나는 여기에서도 길보다도 낮은 땅 밑으로 내려가는 움막집 같은 곳에서 살고 있는 사람들을 보았다. 당시 내가 사는 집이 자그마한 빌라이지만, 새롭게 분양받아 이사해온 깔끔한 집이었기에, 마치 내 자신이 죄인된 죄스러운 그런 기분이었다.

일제 강점기에서부터, 지방에 사는 사람들은 생계를 위해서 무조건 상경하였다. 1945년 광복 이후, 용산구 '해방촌'이, 북에서 넘어온 사람들이 주로 살았던 대표적인 난민촌이었으며, 한국전쟁 이후에도 많은 사람이 서울로 몰려 왔다.

이들 이주민은 1959년에 서울 미아리를 시작으로 정착지를 조성했다. 무허가 건물의 공인지대를 이룬 것이다. 국공유지를 무단 점거해 거주하는 것을 정부가 사실상 묵인한 것이다. 값싼 농촌의 노동력을 공단에 투입하기 위해서는 그들의 잠자리를 마련해 주지 않을 수 없었던 것이다. 1970년 무렵까지 정릉동, 도봉동, 쌍문동, 상계동, 하계동, 공릉동, 번동, 시흥동, 사당동, 신림동, 봉천동, 염창동,

거여동, 가락동, 오금동 등지에 이주민들의 정착지가 형성되었다.

이렇게 형성된 쪽방촌을, 판잣집을 대대적으로 정비한 사람은 김현옥(1926~1997) 서울시장이다. 1966년에 서울시장으로 부임하자마자 무허가 건물 실태를 조사해 약 14만 동을 철거하는 계획을 세웠다고 한다.

1980년대에 나는 교회 일로 난지도에 위치한 교회를 찾아가게 되었다. 수색에서 난지도로 가는 마을버스를 타고, 마치 내가 외지인처럼 취급 받을 정도로, 그 버스를 탄 사람들은 모두 차림이 너무나 초라했고, 나는 별 차림을 하지 않았지만, 금방 티가 났다. 종점에 내리니까 눈앞에는 높은 쓰레기 더미가 보였으며, 황량한 벌판속의 중앙에는 마치 집단 수용소 같은 가건물이 있었다. 그곳에서 또 다른 엄청난 충격을 받았다. 난지도 쓰레기 처리장에 위치한 도저히 사람이 살 수 없을 정도의 가건물 같은 주거단지를 본 것이다. 화장실은 전체 공동 화장실이었고, 세면장도 함께 사용하는, 공동수도였으며, 거처하는 집은 그냥 울타리만 있을 뿐, 바로 옆집과 베니어합판 하나를 사이에 두고 있는, 개인사생활이라고는 전혀 고려되지 않는, 그런 집단 수용소보다도 더 못한 쪽방촌을 보았다.

부모는 난지도쓰레기 처리장으로 일을 나갔고, 두어 살 되어 보이는 아이가 흰쌀밥이 까맣게 보일 정도로 파리가 자욱하게 달려든 밥을 맨손으로 집어 먹고 있는 장면을 본 것이다. 많은 생각을 갖게

한, 난지도에 위치한 교회를 방문했던 기억이 아직도 뇌리에 생생하다.

1980년대에 염창동에 살다가, 1993년에 중계본동 은행사거리에 위치한 아파트를 신규 분양 받아 이사하여, 2006년까지 꽤 오래 살았다. 소위 강북의 대치동이라고 불리는, 이곳에서 우리 집 두 아이가 초등학교, 중학교, 고등학교를 다녔다. 큰 아이는 중학교, 고등학교, 대학교를, 작은 아이는 초등학교, 중학교, 고등학교를 그곳에서 나왔다.

나는 중계본동에 살면서, 한국전쟁 이후 가난했던 한국의 근현대사의 삶의 모습을 그대로 보여주는 빈민촌 '백사마을'을 보게 되었다.

중계동 104번지 주소를 따서 지어진 이름 백사마을, 그곳에 사는 사람들은 '10번 버스종점 산동네'라고 부른다. 백사마을은 1988년 서울올림픽 이전의 노원지역의 모습이었으며, 노원지역은 서울올림픽 이전에 심한 갈등을 빚으며, 재개발이 된 지역이다.

1960년대 청계천 이주민 등이 자리를 잡으며 만들어진 서울의 또 다른 마지막 달동네라고 불리는, 노원구 서울과학기술대 맞은편 불암산 밑자락 구릉지에 자리한 백사마을(노원구 중계동 104번지)이 4년여 간의 갈등을 마치고 2018년 여름에 정비 사업에 착수하였다.

백사마을은 1967년 도심개발로 청계천 등에 살던 주민들이 이주하면서 형성된 마을로, 2009년 주택재개발 정비사업구역으로 지정되면서 재개발 사업을 시작했다. 무리한 정비계획 변경 요구와 주민갈등 등으로 사업이 장기간 정체되다 2016년 1월에는 사업시행자 지정이 취소되기도 했던 곳이다.

2006년 성북구 삼선교 부근 아파트로 이사를 왔다. 성북동에 바로 인접한 돈암1동은 1980년대 말까지 달동네였던 곳을 개발하여 대단지 아파트를 형성한 곳이다. 서울 중심지와 가깝고, 지하철, 버스 등 교통이 편하며, 주변에 병원, 학교, 문화시설들이 잘 갖춰있으며, 뒤에는 북악스카이웨이 길과 숲이 우거진 공원과 산책길이 잘 형성되어 있고, 공기도 좋아서 살기에 참 좋은 곳이다. 이곳에서 지금까지 살고 있다.

이곳에서 10년 이상 살면서도 바로 옆에 달동네 산동네 판자촌이 있다는 것을 몰랐다. 성북동이면 모두 잘사는 곳으로 생각하는데, 그렇지 않다. 성북동에도 만해 한용운의 유택 부근인, 서울성곽 바로 아래 마을 '북정마을'은 정말 또 다른 서울의 마지막 달동네라는 것을 나는 최근에서야 가보고 알게 되었다.

"달동네, 산동네, 판자촌, 쪽방촌"

서울의 마지막 달동네도 개선이 되어서, 모두가 쾌적한 생활환경에서 살아가면 좋겠다.

삶이 고달픈 사람들이 어렵게 살아가는 판자촌, 쪽방촌에도 삶의 향기는 있다. 달동네, 산동네, 판자촌, 쪽방촌은 함께 더불어 살아가는 정감이 있으며, 살아가는 진솔한 향기가 느껴지는 곳이다.

많은 사람은 판자촌, 쪽방촌의 좋은 추억도 있을 것이다. 기독교 찬송가 가사에 "기쁨과 설움도 같이하니, 한간의 초가도 천국이라"라는 것이 있다. 마음이 편하면 어디든지 천국이 될 수 있다. 그러나 너무 열악한 환경은 우리의 삶을 힘들게 해준다. 화려한 가구들로 장식된 고급 저택은 아닐지라도, 자그마하면서도 아담하고 깨끗한 그런 집에서 살고 싶은 것이 사람의 마음일 것이다.

이번에 뉴질랜드를 방문하고 느낀 점 중의 하나는, 모든 집과 건물이 '아름답다'는 것이다. 그냥 대충 엉성하게 지은 집이 없다. 모두가, 나라 전체가 깔끔했다.

아직도 서울 곳곳에 쪽방촌들이 있다. 아니 나라 곳곳에 쪽방촌이 있다. 국가 정부 예산을 투입해서, 쪽방촌을 개발하고, 새로 지어진 집에 저렴한 임대 조건으로 거주할 수 있도록 하는 획기적인 생활환경 개선 대책이 나오길 기대한다.

의식주는 인간 삶의 가장 기본이 되는 것이다. 태풍이 오면 속수무책인 쪽방촌, 홍수가 나면 물에 잠기는, 판잣집 슬레이트가 바람에 날려갈지도 모르는 곳에서 불안하게 살아가는 사람들이 아직도 우리의 주변에 있다.

    의식주 문제 중에서 특히 먹는 것과 사는 것에 대해서는 최소한의 안전과 편안함이 존재해야 할 것 같다. 그래야 모두가 행복해지는 복지국가가 될 수 있다.

    더 이상 우리의 삶 가운데, "판자촌"이라는 단어가 존재하지 않길 바란다. 그러나 판자촌에도 행복이 있으며, 사랑이 있으며, 사람이 사는 훈훈한 바람이 있는, 존재 가치를 지닌 곳이라고 생각한다.

2018. 8. 24.

Reading makes a full man.

여름비

●●● 오늘도 아침부터
　태양은 작열하고
　땅은 또다시 뜨거워지고

　새들은 즐겁게 날며
　매미는 생을 즐기며
　꽃들 나무들 푸르게
　생명의 찬란함을 노래한다.

　덩달아
　비둘기 구구 지저귀고
　까마귀 꺄악 소리 내며
　자유함을 만끽하고 있다.

난
나무들 여기저기에서 부르는
매미들의 합창을 들으며
하늘 푸르고 녹음 짙어진
캠퍼스 길을 걸으며 출근한다.

아아
이제 이 길도
머지않아 곧 멈춰지리라.

세상 모든 것은 끝이 있다.
인생은 매우 유한하기에…

지금은 2021. 7. 19. 오후 2시이다.

갑자기 비가 쏟아진다.

동남아시아의 스콜(squall)처럼 요즈음 오후 시간에 짧은 시간에 집중적으로 비가 내리고 있다.

지금 엄청 내리고 있다.

건물 현관 콘크리트 바닥으로 요란하게 소리를 내며 빗방울이 떨어진다. 바람도 제법 분다. 나무들도 바람에 의해서 휘청거린다. 마치 태풍이 몰아치는 듯이 비바람이 분다.

　우리나라 기후가 열대성으로 바뀐 모양이다. 국지적으로 돌발폭우가 쏟아지고 있다.

　원래 우리나라는 여름철에 비가 많이 내리고 겨울에는 눈이나 비의 양이 적다.

　그러나 지금 지구 전체는 지구온난화 영향으로 이상 기후 현상이 발생하고 있다. 지구의 온도 상승으로 생태계가 무너지고 있다.

　생태계 질서는 매우 중요하며, 그동안 잘 지켜져 오면서, 인류의 생명과 문화를 지켜왔다. 북극, 남극의 빙하가 녹는 것이 문제가 되는 것이 아니라, 생태학자들은 지금 상태가 계속되면, 앞으로 10년 이내에 동식물 100만 종 이상이 사라질 수 있다는 무서운 예측을 하고 있다. 창조된 자연질서는 대단한 것이었는데, 그것을 인위적으로 인간들이 질서를 무너뜨리고 있으니, 무너진 자연질서의 회복은 요원하며, 그 폐단이 곧 지구를, 인류를 향하여 엄습할 것 같다. 이것은 재앙이다.

　내가 1990년대 환경분야에 관심을 갖기 시작하고, 생태환경공학을 공부하던 1990년대 중반만 하더라도, 환경학자들의 소리를 많은 국가, 사람들이 외면했다. 우리나라 기업체에서는 1997년에 IMF 사태가 발생되자, 구조조정을 하면서, 환경분야 부서를 없애버리거나 축소시켰다. 한 치 앞도 못보는 근시안적인, 기업이윤 추구의 기업 문화이다.

지금 세차게 내리는 비는, 더위를 식혀주는 비가 되어서 고맙기도 하다. 하지만, 여름은 여름다워야 하며, 식물들이 열매를 잘 맺으려고 하면, 충분한 일조량을 받아야 한다.

열매를 맺어주는 식물들이 고맙기는 하지만, 앞으로의 지구생태계가 걱정되기도 하며, 식량자원의 부족현상도 걱정이 된다. 결국 19세기말부터 석유자원을 사용하고, 유전개발과 석유화학산업의 급격한 발전으로, 20세기는 편리하고, 살기 좋은 세상으로 만들어준 석유자원이 이제는 부메랑이 되어서 인류의 생존을 위협하고 있다. 석유자원 고갈이 염려되는 것이 아니라, 앞으로의 세상이 염려되는 것이다. 탈석유화의 세상을 만들기 위해서는 대체에너지 개발과 과감하게 석유생산과 화석연료 사용을 중단해야 하는데, 이미 석유화학산업의 각종 여러 제품이 인간을 지배해 버렸다.

대략 40분 정도 내리다가 비가 그쳤다.
밖은 다시 찜통 현상을 보이고 있다.
이런 생각을 하면서도, 지금 실내에서 전기를 사용하면서, 시원한 냉방시설인 된 상태에서 편안하게 근무하는 것이 모순이라고 생각한다.

오늘 새벽에는 오후에 폭우가 내릴 것이라고는 생각되지 않았다.

지금은 새벽 4시 30분

아직 먼동이 트기 전이다. 잠에서 깼다. 에어컨 가동이 새벽 4시까지 되도록 타이머를 세팅하고 잠을 청했더니, 4시 30분경에 방이 후덕지근해지면서 잠에서 깼다.

난 옛날 대학원시절의 꿈을 꾸다가 잠에서 깬 것이다. 잠에서 깬후, 갑자기 김 교수님의 근황이 궁금해졌다. 왜 옛날의 일에 대한 꿈을 꾼 것인가?

이제 먼동이 트고 있다. 어김없이 새날이 밝아오고 있다.

매미들이 소리를 낸다. 합창을 한다.

올 여름 들어서서, 얼마 전 쓰르라미 우는 소리는 들었으나, 오늘 새벽에 나무들 사이, 여기저기에서 매미 우는 소리를 처음 들었다.

아침 7시에 출근하여 환기를 위해서 사무실 창문을 여니, 각종 소리가 들려온다. 매미, 쓰르라미 등 소리가 요란하다. 아침부터 사무실 창문 앞 숲에서 매우 요란하게 합창을 한다. 지휘자도 없는데, 동시에 소리를 내다가 잠시 멈추다가, 다시 각각 서로 다른 음으로 소리를 낸다. 소리를 듣고 있노라면, 그 소리가 인간들이 안간힘을 다하며 살아가는 아등바등하는 소리 같기도 하고, 깊은 산속에서 새들 소리와 함께 들려오는 한 여름밤의 연합 합창 같기도 하다.

며칠 전 오후 2시

해가 중천에 떠서, 대지가 이글거리는 시간인데, 잠시 밖에 나와 보니, 쓰르라미가 울어대고 있었다. 신기하게도 거리를 둔 두 나무에서 같이 울고 있었다. 한 20초 정도 울다가 한 녀석이 그치면, 옆의 나무에서 울던 쓰르라미도 따라서 그치고, 잠시 후에 한 녀석이 소리를 내기 시작하면, 옆의 나무의 쓰르라미도 같이 따라서 소리를 내기 시작하고, 나는 두 녀석의 중창을 한참이나 들었다. 같이 울다가 그치고, 또다시 같이 울기 시작하고… 이러던 녀석들이 오후 5시 30분경 퇴근하는 시간에는 소리를 내지 않았다.

이제 장마도 그치고, 본격적으로 더위가 시작되는 모양이다. 이번 주에는 서울 기온이 36℃까지 수은주가 상승한다는 일기예보가 있다.

나는 매년 여름이 되면, 에어컨과 선풍기를 거의 껴안고 산다.
올해 여름도 천상 에어컨과 선풍기 신세를 져야겠다.

제주도의 푸른 바다가 그리워진다. 시원한 정방폭포가 눈앞에 펼쳐지는 것 같다. 이런 생각을 하면 그나마 더위를 잠시 잊을 수 있다.
남극의 바다표범, 펭귄, 고래를 생각나게 하는 여름이다.
지금은 더위가 한창인 성하 새벽이다. 그래서 밤사이 잠을 5시간 정도는 잔 것 같다. 그것도 신경안정제를 먹은 덕분이다.

그런데 며칠 전 귀가 길에, 집 출입구 앞에서 어느 택배기사가 한 말이 생각난다.

날씨가 너무너무 더우니, 택배기사는 갖고 있던 물을 한 모금 마신 후에, "아이구 아버지, 아버지, 하나님 아버지~" 이런 소리를 냈다.

마셨던 물도 아마도 더위를 먹은 온수였으리라.

그 택배기사는 무더위에 일하는 것이 너무나 힘든 것이다. 이 더위에 택배기사들이 고생을 많이 한다.

갑자기 우리나라에는 택배문화가 삶을 지배했다. 우리나라는 참으로 편한 세상이 되어 가는 것 같지만, 이건 아니라고 본다. 굳이 급하게 물건을 살 필요가 있는가? 특히 새벽에 굳이 급하게 배송을 해야 할 필요가 있는지? 미리 주문해서 낮 시간대에 배송을 하는 문화가 되었으면 좋겠다. 냉동식품인 경우는 새벽배송을 할 수밖에 없다는 것이 주부들의 생각인 것 같으나⋯ 택배기사도 정상적인 삶의 패턴을 지녀야 할 것이다.

오늘도 모두
주어진 환경에서
보람을 느끼며
건강하고 즐겁게 살아가길 바란다.

행복한 삶, 소확행(小確幸)을 지니고 싶다. 코로나바이러스가 기승

Although the world is full of
suffering,
It is full also of overcoming of it.

을 부리며, 사회적 거리두기 4단계, 하루 천명 이상 확진자가 발생되는 2021년 이 여름.

여름비를 바라다보며 잠시 생각에 잠겼다.

정경화 바이올린 연주와 앙상블이 협연하는 비발디의 〈사계〉, 겨울을 듣는다. 한여름에 비발디의 사계, 겨울을 골라서 듣고 있다. 여름에 듣는 비발디의 〈사계〉 중 "겨울" 곡 연주. 앙상블 연주의 굵은 저음이 오히려 마음을 차분하게 해준다.

2021. 7. 19.

능력

••• 현대인들이 세상을 살아가는 데 중요한 것이 "능력"이라고 생각하고 있다.

그 능력을 인정받기 위해, 자격증을 획득하려고 하며, 전문가로서 인정을 받으며 살아가고 싶은 것은 인간이면 누구나 지니는 생각일 것이다.

어린아이들은 무엇이든지 호기심이 많아 질문을 하곤 한다. 호기심이 많은 것은 당연한 것이지만, 이것도 능력이다. 어린 시절에는 그림책을 보면서, 한글을 배웠다. 부모는 그것이 살아가는 데 아주 필수적인 것이라고 생각했기에 한글을 빨리 깨우치기를 바란다. 요즈음은 한글뿐만 아니라 영어도 조기교육을 하는 세상이 되었지만…

내가 지나온 삶을 뒤돌아보면, 그때그때 능력이라는 것이 있었던 듯하다.

초등학교에 입학하면, 받아쓰기 시험을 매일 본 것 같다. 한글을 읽고 쓰는 것이 능력이었다.

초등학교 3학년쯤 되면, 구구단을 외웠다. 그때 외운 구구단은 평생, 아직도 기억한다. 구구단을 잘 외우는 것이 능력이다.

암기교육이 좋은 면도 많다. 초등학교 4학년 때부터는 한자(漢字)를 공부했다.

당시에는 어려운 한자도 쓸 줄 알았다. 한자시험을 치르고 틀린 개수대로 종아리를 맞아 가며 한자공부를 했다. 그런데, 요즈음은 한자 읽는 것은 그냥 그런데, 한자 쓰기는 잘못한다. 그것이 그 당시에는 능력이라고 생각했다.

중학교 입학하자마자, 영어 단어 아는 것이 실력이고, 능력이었다.

고등학교 입학해서는 여러 가지 과목을 배우게 되는데, 무엇보다도, 수학공식 아는 것이 능력이었다. 삼각함수 공식을 외우고, 미적분 문제를 잘 푸는 것이 능력이었다. 1970년대 초, 대학에 입학하고 나니, 능력은 데이트를 잘하는 것, 통기타를 잘 치는 것, 청바지를 입고 맥주 잘 마시는 것이 능력이 되고 말았다.

군대에 입대하면, 제식훈련 잘하고, 총 잘 쏘고, 구보를 잘하는 것이 능력이었으며, 제대 후, 복학해서는 토플 점수 높은 것이 능력이었다. 토플 기출문제집 책을 사서 참 많이 풀어보았다. 지금은 영문법 등을 잘 모르지만, 당시에는 그것이 능력이었다.

1980년대 초, 직장에 입사해서는 영어 구사(驅使)를 잘하고, 토익 점수 높은 것이 능력이었으며, 승진을 위해 일 잘하는 것이 능력이 되었던 시절이었다. 그러다가, 골프를 잘 치는 것이 능력이었지만, 그러나 나는 아직까지 골프채를 잡아본 적이 없다. 무능력한 사람인 것이다.

기독교 교인들에게는 기도를 잘하고, 방언을 하는 것이 능력이지만, 진솔한 믿음을 가지는 것이 능력이라고 생각한다.

능력

이 능력이 때때로 과소평가되면 속이 상하고, 화가 나기도 하며, 과대평가를 받게 되면 스트레스를 받는다. 더 잘해 내기 위해서, 노력하다가 보면, 진력이 나게 된다.

그렇다면, 능력을 평가하는 잣대가 공평해야 하며, 평가자가 공정성을 지녀야 한다.

각자가 지닌 능력을 제대로 평가받고, 제대로 채용되고, 제대로 인정받는 그런 세상이 되었으면 좋겠다.

각자가 자신들이 지닌 능력을 최대한 발휘하도록 노력하며, 그 능력을 인정하며, 능력의 계발을 위해서 부단히 노력하면서, 상호간의 존중과 배려와 협력으로 사회의 공동선(共同善, the common good)을 추구하는 것이 인간 삶의 가장 중요하고 기본적인 방향일 것이다.

심리학 사전에서 능력(ability, 能力)은 일정한 환경에서 해낼 수 있는 반응의 가능성을 의미한다. "능력"은 "거의 모든 작업을 이룩하는 심적 상태를 지시하기 위하여 일반적으로 쓰이는 심리학 용어"라고 한다.

이런 능력과는 좀 다른 차원에서, 기독교에서 이야기하는 "능력"을 살펴본다.

어쩌면 21세기 지금의 상황과 거의 유사한지, 놀랄 정도로 지금의 모습을 묘사한 신약성경의 구절이 있다. "마지막 가르침", "말세에 대한 예언"이라는 제목이 달려 있는 《디모데후서》 3장 1절에서 5절의 말씀이다.

A.D. 67년경 사도 바울(Paul, Apostle Of Christ, 라틴어 : Apostolus Paulus, Sanctus Paulus, 그리스어 : Απόστολος Παύλος -Apostolos Pávlos, A.D. 5년~67년으로 추측)이 로마감옥에서 에베소교회에서 목회 중이던 디모데(Timothy, 그리스어: Τιμόθεος 티모테오스, 語義 : "하나님의 사랑을 받다", A.D. 17년~80년)에게 보낸 마지막 목회서신이 《디모데후서》이다.

너는 이것을 알라 말세에 고통 하는 때가 이르러
사람들이 자기를 사랑하며 돈을 사랑하며 자랑하며 교만하며

비방하며 부모를 거역하며 감사하지 아니하며 거룩하지 아니하며

무정하며 원통함을 풀지 아니하며 모함하며 절제하지 못하며

사나우며 선한 것을 좋아하지 아니하며

배신하며 조급하며 자만하며 쾌락을 사랑하기를 하나님 사랑하는 것보다 더하며

경건의 모양은 있으나 경건의 능력은 부인하니 이와 같은 자들에게서 네가 돌아서라

자기 자신을 내세우고, 돈을 사랑하고, 교만하고, 부모를 거역하고, 삶의 감사를 모르며, 남에게 정을 베풀지 않으며, 남에게 당한 분함을 풀지 않고, 남을 모함하며, 삶이 절제되지 못하고, 성격이 거칠고 사나우며, 조급함이 있으며, 선한 것을 좋아하지 않고, 배은망덕하며, 호의를 베푼 사람을 배척하고, 배신하며, 쾌락을 즐기는 삶을 살아가는 현대인들의 모습이 그대로 잘 묘사되어 있다.

2천 년 전의 상황이었을텐데… 바울은 디모데에게 '경건의 능력'을 부정하고 있는 자들과 어울리지 말고, 돌아서라고 경고한다. 회귀(回歸, regression)하라는 것이다.

인간은 각자가 받은 것이 분명히 있기에, 받았던 본심대로, 원래대로의 위치로 돌아서라는 것이다. 그 받은 것을 달란트(talent, 라틴어: talentum, 고대 그리스어: τάλαντον)라고 하는데, 그 단어는 헬라어

"탈란톤(talanton)"에서 유래가 되었다. 고대 서아시아와 그리스에서는 무게의 최대 단위이자 화폐 단위로 쓰였다.

'달란트', 원래의 어의는 '한 덩어리'라는 뜻이다.

'달란트'는 신약성경 마태복음 25장 15절에서 28절을 살펴보면, 하나님께서 각 개인에게 부여하신 재능이나 능력이나 기회를 의미하는 단어로 사용되었다. '은사(恩賜)'라는 의미로 사용되었다.

능력은 어디에서 나오는 것인가?

능력은 돈, 명예, 교만, 악행, 원통, 조급, 무절제, 쾌락에서 나오는 힘이 아니다.

신약성경 디모데후서 3장 12절에서부터 17절에는 다음과 기록되어 있다.

무릇 그리스도 예수 안에서 경건하게 살고자 하는 자는 박해를 받으리라

악한 사람들과 속이는 자들은 더욱 악하여져서 속이기도 하고 속기도 하나니

그러나 너는 배우고 확신한 일에 거하라 너는 네가 누구에게서 배운 것을 알며

또 어려서부터 성경을 알았나니 성경은 능히 너로 하여금 그

You get what you work for,
not what you wish for.

리스도 예수 안에 있는 믿음으로 말미암아 구원에 이르는 지
혜가 있게 하느니라
모든 성경은 하나님의 감동으로 된 것으로 교훈과 책망과 바
르게 함과 의로 교육하기에 유익하니
이는 하나님의 사람으로 온전하게 하며 모든 선한 일을 행할
능력을 갖추게 하려 함이라

모든 선한 일을 행할 '능력'은 성경말씀에 대한 '경외심'으로부터
나온다는 것을 알게 해준다. 성경말씀은 '하나님의 사람'으로 온전
하게 만든다는 것이다. 이것이 '바른 능력'이라고 생각된다.

2019. 1. 1.

제3부

기다림

난 기다리는데, 넌 지금 뭐하니?

한가한 성북천

●●● 토요일이라서 아침식사를 평소보다 조금 늦게 마쳤다. 8시에 병원 가서 의사한테 건강관리 안 한다는 핀잔을 듣고, 치료약 처방을 받아, 약국에서 약을 받아, 성북천변을 따라 걸으며, 사무실로 향했다.

아침 10시부터 책상에 앉아 열심히 글을 쓰다 보니, 점심시간을 훌쩍 넘어 오후 3시가 가까워졌다. 그러나 밥 생각은 들지 않는다. 글 쓰는 작업을 중단하고 사무실을 나서며, 다시 성북천변을 걸으며 집으로 향했다.

하늘이 드높아 보이고, 가을 기운이 물씬 풍기는 태양 볕을 받으며 걷는다.

아침보다는 태양 볕이 따갑게 느껴졌지만, 그래도 바람은 산들산들 불어오고 있다. 부는 바람이 가을바람인 것을 확연하게 느낀다. 강렬했던 여름 태양이 아니었다.

오늘 따라 유난히 성북천변이 한가롭게 느껴졌다.

성북천변에 앉아, 바지를 걷어 올리고, 두 발을 물에 담그고 음악을 듣는 젊은이

아빠랑 손을 잡고 걸으며, 한 손에는 물고기가 담긴 줄이 달린 투명 비닐 주머니를 들고 가는 어린이

"아빠, 오늘 물고기 잡아 주셔서 고맙습니다.", 신이 나서 지나가는 꼬마의 얘기를 들으며, 나는 30여 년 전, 지금은 시집을 간 맏이가 네다섯 살 때 함께 놀아주었던 옛 추억에 잠시 잠긴다.

그늘진 교각 아래 긴 의자에 앉아서 책 종이가 누렇게 된 책을 읽는 어르신

가만히 지나치며 어르신이 읽고 있는 책을 힐끗 보니, 깨알같이 인쇄된 원서였다. 소설책은 아니고 무슨 경전같이 보였다. 대단한 어르신이다. 여든은 되신 것 같은데, 돋보기안경도 없이 책을 읽고 있다. 젊은 시절 대학 교수였나?

성북천에는 제법 큰 물고기들이, 자그마하게 보이는 물고기들과 신나게 노닐고 있다. 흐르는 개울가 가운데 돌 위에서는 청둥오리가 한가롭게 일광욕을 하고 있다. 가을 하늘에는 잠자리가 날고, 나비들 꽃들과 입맞춤을 하며, 전선에는 비둘기 떼 지어 앉아서 "구~구~" 소리를 내며 익어가는 가을을 만끽하고 있다.

오늘이 8월 마지막 날인데, 가을이 성큼 와서 지금 한창이다.

나뭇잎 진한 갈색으로 변하고 있으며, 풀 잎사귀 벌써 시들고 있는가 하면, 버들강아지 복스럽게 자태를 뽐낸다.

벌써 열매를 맺는 꽃들이 있는가 하면, 바로 옆 자그마한 꽃들은 가을 태양 볕을 받으며, 앙증맞게, 아니 수줍게 미소를 짓고 있다.

성북구청에서 방송하는 음악이 성북천변을 따라서 흐르고 있다.

잔잔한 음악이 내 맘으로 흘러 들어가고 있다.

그 곡은 어느새 내 마음을 타고 내면 깊숙한 곳에서 신음하는 내 마음을 토닥거려 주고 있다.

한가하게 느껴지는 성북천을 걸으며
또 이렇게 새로운 가을을 보내고 있다.

내 마음 속에 남아 있는 추억이
그리움으로 강물같이 흐르고
괴로운 내 마음 속 번민은
눈물이 되어 가슴 속 깊이 스미고 있다.

2019. 8. 31 .

달개비

●●● '달개비'라는 이름의 뜻을 몰랐다가, 최근에 알았다.

풀꽃 이름 "달개비"

지난 해 가을에 캠퍼스 전체 제초작업을 실시하다가, 집무실 앞 정원도 완전 황폐화시켰다. 전지작업을 한다고 하면서 회양목 밑동을 잘라내고, 제초기로 풀과 함께 귀한 난을 흔적조차 안 보이게 죽여 버리고, 아 어쩌지?

그렇게

그렇게

정원 나무와 숲에는 절대 손을 대지 말라고 했건만… 그렇게 삭막해진 정원을 바라다보며, 황폐한 정원을 바라다보며, 겨울을 이겨냈다. 이제 봄을 지나, 여름이 되었다.

아무 데서나 잡스럽게 피어나는 것 같아도 고상하게 느껴지는 풀

꽃 '달개비'

 카메라로 풀꽃 '달개비'의 아름다운 꽃과 이파리를 찍어서, 포털사이트로 검색을 하고 나서, 이 꽃이 바로 '달개비'라는 것을 알았다. 달개비는 원 이름이 '닭의장풀'

 '닭의장풀'(Common Dayflower), 학명으로는 'Commelina communis', 속씨식물 문, 외떡잎식물 강, 닭의장풀 목, 외떡잎식물 한해살이풀, 1년생 초본이며 종자로 번식한다.

 정원의 여름은 자그마한 꽃이지만 풀꽃 '닭의장풀'로 우아하고 화사해졌다.

 당나라 시인 두보는 대나무 줄기와 비슷한 줄기를 지닌 풀꽃 '닭의장풀'을 수반에 꽂아두고 '꽃을 피우는 대나무'라 하면서 감상했다고 한다.

 나는 정원에 핀 앙증맞은 풀꽃 '닭의장풀'을 바라다보며, 어린아이의 미소를 연상해 본다. 수줍은 연인의 미소와도 같으며, 말없이 묵묵히 인생을 선하게 살아가고 있는 소시민인 우리네 모습을 엿보는 것 같기도 하다. 연보라 꽃이 아침에는 활짝 피어있다가도, 햇볕이 내리쬐는 점심 즈음 되면, 그 자그마한 꽃이 오므라든다. 처음에는 벌써 꽃이 시든 것 같아서 서운했는데, 그다음 날 아침에는 다시 꽃이 활짝 피는 것을 보았다. 닭의장풀이 일반 풀들과는 다르게 신기하게 생각되었다.

'닭의장풀'은 키가 대략 15~50 cm로 자그마한 한해살이풀이며, 꽃은 주로 7~8월에 하늘색꽃으로 피지만, 청색, 연분홍색과 흰색의 꽃들도 있다.

　'닭의장풀'(Common Dayflower)을 '달개비', '닭의밑씻개'라고도 한다. '닭의장풀'을 한방에서 잎을 압척초(鴨跖草)라는 약재로, 해열 효과, 신경통 외에도, 당뇨, 이뇨작용, 소염제로 쓰였고, 당뇨치료에도 쓴다. '닭의장풀'의 생잎은 즙을 내서 화상에 사용한다. 봄에 핀 닭의장풀 어린 새잎은 명지나물이라고 하며 식용으로도 쓰인다고 한다.

　막걸리 애주가들에 의하면, '닭의장풀' 꽃은 따서 막걸리 사발에 띄우고, 연한 잎은 똑 따서 막걸리 한 사발 쭉 삼킨 뒤 잘근잘근 씹으면, 일엽편주에 도화주가 따로 없다고 한다.

달개비

장맛비 속에서도
아침 미소를 머금고
인사를 하는 아기와 같은 달개비
화사한 색상이 아닌
연분홍색, 하늘색, 흰색
소박하고 은은한 색상으로
자태를 보이며

눈길 주지 않는
캠퍼스 한쪽에
말없이 서 있다가
한나절이 되면
앙증맞은 꽃은
낮잠 자러
어디론가 가버리고

대나무 잎사귀와 줄기 모습을
연상토록 하는 꽃이 피는 작은 대나무
시인 두보가
'꽃이 피는 대나무'라고 했던가?

아장아장 아가걸음을 하듯
나지막한 모습에서
귀여움을 느낀다
닭개비
그냥 바라다보면
난
자그마한 행복감에 빠져든다.

이것이

小確幸인가 보다

2018. 7. 18.

Don't let yesterday take up too
much of today.

개여뀌

●●● 달개비 꽃 지고 나니 정원이 분홍빛으로 염색되었다.

아주 자그마한 분홍 꽃

111년 만의 폭염 더위를 당당하게 이겨내고

9월 가을을 맞이하는 야생화 개여뀌 꽃

대한민국 전체에 분포하는 흔하디흔한 개여뀌

사무실 정원에도 무성하게 자란 개여뀌

꽃이 피는 시기에는 농부들에게 귀찮은 풀

마디풀과 여뀌속의 한해살이풀

이름도 없는 풀이었는데,

여뀌와 비슷하다고 하여 붙여진 이름 개여뀌

소도 먹지 않는 쓸데없는 풀

천덕꾸러기 잡초라고 누가 말하는가

아무 쓸모 없고 하찮은 잡초라고 말하지 말라

잡초라고 우습게 여기지 말라

꽃들이 씨앗을 맺고

씨앗 여물어 땅에 떨어지면

수없이 많은 개여뀌로 환생하는

놀랍고 신기한 끈질긴 생명력

군락을 이루어 붉게 피어 있는 개여뀌 꽃

아름다운 야생화로 승화하여 내 마음속에 자리 잡았다

개여뀌 꽃 하나하나 자그마하고 볼품없으나

정원 가득 만들어내는 야생화의 화사한 색상

무리 지어 피어 있는 자태 아름다워라

지저분한 습지나 더럽게 오염된 곳

나쁜 균들이 번식하지 않도록

항균 작용과 정화적용을 하는 개여뀌

가을 되면 개여뀌 한 생명 마치고

가을볕에 개여뀌 뿌리째 말려

사람이 그리워 환생하여 다가서며

약재로 사용되는 고귀한 희생을 보이는 개여뀌

해열제, 해독제, 지혈제, 이뇨제로 사용

여뀌에 있는 매운맛을 살려 향신료로 사용

여뀌의 휘발성 정유 성분은 혈관을 넓혀주고 혈압 하강제 역할

개여뀌 결국에는 인간 생명의 수호신이 되다

2018. 9. 15. 토요일 오후 3시

All we have is now.

따오기

●●● 나의 선친은 엄한 교육자이셨다. 나의 아버지는 자녀 4남매를 잘 키워 주셨고, 감성이 풍부하신 분이었다.

지금은 3남매가 남아 있지만, 너무나도 가슴 아프게도, 1965년도에 나의 형님은 중학교 3학년때에 집에서 연탄가스 중독으로 세상을 떠났고, 그 충격으로 아버님은 스트레스로 인한 당뇨병 지병을 얻어서 예순하나의 나이로 일찍 세상을 떠나셨다.

나의 선친은 꽃을 좋아하시고 원예 전문가이셨으며, 교육문화 분야에 관심이 많으셨다. 내가 대학 시절에는 사업도 하셨지만, 성품이 너무나 순박하고 내성적이셨기에, 지금 생각해보니 머리는 굉장히 비상하고 아이디어가 풍부하고 감성이 풍부한 분이셨지만, 경제, 경영적인 측면에서는 적합하지 않은 분이었다.

나의 선친은 자식교육에 관심이 많으신 분이었다. 나의 누님과 형님은 수재이기에, 누님은 이화여자중학교에, 형님은 경기중학교에 수석으로 입학하였다. 당시 그 흔한 과외라는 것을 한 번도 시키지 않았지만, 누님과 형님은 어려운 교육환경 속에서도 선친의 자식교육 사랑의 힘으로 스스로 공부했다고 한다.

1965년도에 형님이 세상을 떠나기 전, 4남매는 아버지의 자식 사랑의 명령으로 집 근처인 광화문 국제극장에서 〈저 하늘에도 슬픔이〉라는 영화를 보았다. 아마 당시에는 극장에서 영화를 본다는 것은 대단한 것이었는데, 선친은 그 영화가 교육적 가치가 있다고 판단하시고, 당시 고등학생인 누님에게 맏이 역할을 하라고 하시고 거금을 손에 쥐어주고 영화를 보고 오도록 한 것이었다. 우리는 영화를 보면서, 보고 나서도 계속 울었던 기억이 55년이 지난 지금도 나에게는 생생하다. 그 영화 속에서 〈따오기〉라는 동요 "보일 듯이 보일 듯이 보이지 않는, 따옥 따옥 따옥 소리 처량한 소리"가 계속 배경음악으로 나왔다.

〈따오기〉는 한정동(韓晶東, 1894~1976) 작사, 윤극영(尹克榮, 1903~1988) 작곡의 동요이다. 한정동 선생은 신춘문예로 등단한 우리나라 최초의 아동문학가이다. 〈따오기〉는 원제목이 '당옥이'이며, 1925년 동아일보 신춘문예 당선작으로 한정동 선생의 작품이다. 당시 제목은 '당옥이'이었다고 한다.

한정동 선생은 평안남도 강서 출생으로, 평양고등보통학교출신이며, 1945년에 영정초등학교를 설립하고, 교장을 역임하였고,

6·25 한국전쟁 때 월남하여 1951년도에는 국제신보 기자로 활동하기도 하였으며, 1954년부터 1961년까지는 서울 덕성여자고등학교 교사를 하신 훌륭한 교육자이셨다.

따오기(당옥이)

한정동 작사, 윤극영 작곡

보일 듯이 보일 듯이 보이지 않는
당옥당옥 당옥 소리 처량한 소리
떠나가면 가는 곳이 어디이드뇨
내 어머님 가신 나라 해 돋는 나라.

잡힐 듯이 잡힐 듯이 잡히지 않는
당옥당옥 당옥 소리 구슬픈 소리
날아가면 가는 곳이 어디이드뇨
내 어머님 가신 나라 달 돋는 나라

약한 듯이 강한 듯이 또 연한 듯이
당옥당옥 당옥 소리 적막한 소리
흘러가면 가는 곳이 어디이드뇨

내 어머님 가신 나라 별 돋는 나라

나도나도 소리소리 너 같을진대
달나라로 해나라로 또 별나라로
훨훨활활 떠다니며 꿈에만 보고
말 못하는 어머님의 귀나 울릴걸

〈따오기〉 동요는 윤극영 선생의 초창기 애상조의 창작동요이며, 항일의 애달픈 민족의 감정이 담긴 노래이었기에, 일제강점기 때에는 이 노래를 부르지 못하게 하였다가, 광복이 되면서 다시 부르게 되었다고 한다. 내가 1960년대 초등학교, 당시 국민학교 음악교과서에 나온 것을 통하여 알게 된 〈따오기〉 동요는, 나에게는 〈저하늘에도 슬픔이〉라는 영화를 통하여 더 더욱 슬프게 느껴진 동요 애상곡(哀傷曲)이 된 것이다.

1920년대에 따오기는 동요의 소재가 될 정도로 일상 주변에서 흔히 볼 수 있는 친근한 새였다고 한다. 영국인 외교관이자 여행가이었던 C. W. 캠벨(Charles William Campbell, 1861~1927)이 따오기를 "한국에서 흔한 새", "쉽게 사냥할 수 있는 새"로 표현한 기록도 있다고 한다. 그런데 어찌하여 이제는 따오기를 볼 수 없다는 것인가?

우리나라에 서식하는 따오기 새는 1950년 6월 25일에 발발한 한국전쟁 이후, 전쟁 물자 공급을 해외로부터 받으며 반입량이 늘어난 영향과 식량문제 해결을 위하여 화학 농약과 비료 사용이 급증하면서 위기를 맞았다. 전쟁으로 국토가 황폐화되면서, 급속히 개체 수가 감소하였다고 한다. 따오기는 청정지역에 서식하는 대표 조류라고 한다. 따오기는 습지나 논에서, 미꾸라지나 개구리 등 양서 파충류를 먹이로 하는데, 농약 사용이 많아지면서, 따오기의 먹잇감들이 줄어들었고, 환경에 유해한 농약을 먹은 미꾸라지를 먹은 따오기의 체내로 내분비계 교란물질(환경호르몬)는 축적되면서 개체에 이상이 생기고, 그래서 따오기의 개체 수는 급감하게 된 것으로 여겨진다.

1979년 12월, 국제야생조류 보호운동가이며 조류 박사인 George Archibald가 비무장지대에서 포착한 것이 따오기의 공식적인 마지막 기록이라고 한다.

지금, 따오기의 모습이 떠오르며, 울음소리가 귓가에 들려오는 듯하지만, 더 이상 우리 삶의 곁에 다가오기가 어려운 따오기가 되었다. 슬픈 현실에 마음이 아프다.

〈따오기〉는 나의 가슴 깊은 곳에 슬픈 노래로 남아 있으며, 지금도 내 귓가에서는 슬프게 울고 있다. 보일 듯이 보일 듯이 보이지 않는 …

2020. 11. 16.

거룩한 공동체

••• 교회는 '거룩한 공동체(die communio sanctorum)'가 되어야 한다.

그러나 작금의 기독교, 개신교 교회는 세상 속에서 그 이름값을 못하고, 특히 우리나라에서는 사회로부터 지탄을 받는 집단으로 추락하고 있다. '개독교(改毒教), 기복교(祈福教), 구복교(求福教)'라는 비아냥, 비하(卑下)하는 소리까지 듣는다.

교회가 교회답지 못하고, 목회자가 구도자의 길을 가지 못하고 있다. 유명하고 인기 있는 목사가 되려는 삯꾼 목자, 교만한 목회자가 되려고만 한다. 교인들은 말씀을 묵상하며 하나님의 뜻을 헤아리지 못하고, 거룩하신 하나님의 참 제자가 되지 못해서, 지금 한국교회는 병들어 가고 있다. 너무 세상 풍조에 휩쓸리고 있다. 한마디로 목회자와 교인인 성도(聖徒)의 탓이다.

교회는 일종의 친목단체가 되었으며, 교회 안에는 하나님이 안 계시고, 교만한 목사와 배부른 교인들만 있다고 한다. THERE IS NO

GOD IN THE CHURCH.

　헬라어 코이노니아 해이온 (koinonia hagion), 라틴어 커뮤니오 산
크토룸(communio sanctorum)은 거룩한 공동체를 의미한다. 그리고,
라틴어로 '산크타 산크토룸(Sancta Sanctorum)'은 교황 전용기도실을
의미한다. 기도 자체가 거룩한 행위임을 의미하고 있다.

　Wikipedia, the free encyclopedia에서 "Sanctorum"이라는 단어를
찾아보았다.

Sanctorum may refer to:

Sanctum sanctorum, a Latin phrase that literally means "Holy of
Holies"

Sortes Sanctorum (Lots of the saints) or Sortes Sacrae (Holy Lots), a
type of divination or cleromancy practiced in early Christianity

　거룩한 공동체, 교회를 생각하면, 신학자 본회퍼(Dietrich
Bonhoeffer, 1906~1945)가 떠오른다.

　독일의 브레슬라우에서 태어나서, 어려서부터 총명했다. 루터교
회에 뿌리를 둔 전통적인 개신교 가문에서 성장한 유명한 신학자

본회퍼는 독일 루터교회의 목사이자 신학자다. 본회퍼의 아버지는 신앙에 크게 관심이 없었다고 하며, 아들이 신학의 길을 걸어가려 하자 극렬하게 반대했던 것으로 알려져 있다. 본회퍼는 1923년 베를린에 있는 튀빙겐대학교와 베를린대학교에서 신학을 수학했으며, 졸업논문 제목은 〈성도의 교제〉(Communio Sanctorum)이다. 본회퍼는 나치 독일 시절에, 나치의 종교정책에 반대한 고백교회(告白敎會, Confessing Church, Bekennenede Kirche, 교회에 대한 나치의 지배와 정치적 이용에 반대한 독일의 프로테스탄트 교회들의 단체)의 설립자 중 한 사람이었다.

본회퍼의 교회론, 교회공동체를 통하여 거룩한 공동체의 의미를 다시금 생각해 본다.

본회퍼는 신학 연구의 초기단계인 1926~1932년 동안에는 예수 그리스도가 보여주신 교회공동체를 근거로 하는, 구체적으로 '보이는 교회(visible church)'를 강조하였다. 성령충만으로 하나님과 인간 사이에 화해와 사랑이 경험되어지는 곳으로서의 거룩한 공동체, 교회를 주장하였다.

본회퍼는 그 이후, 교회투쟁기라 할 수 있는 1933년부터 1939년 사이에는, 교회에 대한 초기의 신학적 이해를 바탕으로, 국민사회주의(독일어: Nationalsozialismus) 또는 국가사회주의, 민족사회주의,

나치즘(Nazism)과 교회의 적들을 대항하여 고백교회 운동을 펼쳐 나가면서 교회론을 발전, 심화시켜 나갔다.

《디트리히 본회퍼 선집 제5권-나를 따르라》에서 정의와 평화를 위한 그리스도교의 책임과 의무를 강조하였다. '제자의 길'을 거론하며, 교회는 제자직(discipleship)으로서 '세상 안에 존재하는 교회임과 동시에 세상과 구별되어지는 교회'를 주장하였다. "교회는 거룩한 공동체로서, 일반 세상이 갖지 못하는 비범성과 거룩함을 내적으로 다지며, 타락되어진 일반 세상과 투쟁하는 것이어야 한다."라고 하였다.

본회퍼는 1940년대부터 정치투쟁에 직접 가담하면서부터 드디어 신학과 삶의 큰 전환을 맞이한다. 종전에는 교회와 세상간의 관계를 대립 구도로 보다가, 이제는 대립되거나 모순된 것으로 이해하지 않고, "교회 자체가 지닌 세상적인 성격을 강조하면서, 성숙한 세상을 향하여 교회는 나가야 하며, 그 구체적인 모습으로서 다른 사람을 위하여 고난을 겪는 교회가 되어야 한다."고 주장하였다. 그런데 과연 한국교회는 어려운 이웃과 혼란스러운 사회와 민족 앞에서 얼마나 함께 그리스도의 사랑실천과 사회적 책무성을 감당했는지 깊이 반성해야 할 것이다.

본회퍼는 '그리스도의 제자로서의 인간의 삶, 성경적 비종교적 해석과 신앙의 비밀 훈련, 성실한 기도와 책임적인 행동, 하나님께 드리는 기도 및 예배와, 인간 사이에서 일어나는 일상적인 삶'이라는 두 가지 신학적 틀을 지니고 거룩한 공동체, 교회론을 전개하였다.

오늘날 한국교회는 본회퍼가 주장하였던, 세상 안에서 존재하면서도 세상과 구별되어지는 존재로서의 교회라는 명제를 제대로 이해해야 한다. 교회는 스스로 사회의 급변하는 변화 속에서 능동적으로 대처해 나가면서도 결코 일반 사회의 잡다한 이념, 가치관, 사상에 물들지 않고 세상을 향하여 복음의 메시지를 던져주는 참된 교회로 남아 있기 위하여 "거룩한 공동체"를 지켜야 한다는 것을 다시금 깨달아야 할 것이다.

김지철 목사가 쓴 책, 《영혼의 혁명을 일으키시는 성령(Revolution in the Holy Spirit)》이라는 책에서, 크리스천이 된다는 것을 이렇게 정의한다. "내 삶의 가치관과 사고가 전환되는 것을 의미하며, 성령의 사람이 된다는 것은, 하나님을 사랑하고 이웃을 사랑하는 사람이 되는 것이다."라고. 여기 비추어보면, 성령의 사람으로서, 성령의 아홉까지 열매를 맺으며 신앙생활을 해야 하는데, 나는 교회생활은 하지만 바른 믿음의 생활은 못하는 것 같다.

나는 어린 시절에 성령의 아홉 가지 열매를 열심히 외우곤 했다. 요즈음에는 "나는 하나님의 자녀로서, 진정한 성령의 사람인가?"라는 질문을 스스로에게 던지면서, 깊은 고뇌에 빠지고 있다.

작금의 개신교 교회를 둘러보면, 그리고 노회와 총회라는 이름으로 모이는 사람들을 대하게 될 때, 깊은 탄식만 나올 뿐이다. 교회와 노회와 총회는 개혁을 해야 한다고 하면서도, 결국에는 하나님의 영광보다는 개인의 공명심(功名心)만을 채우려는 게 아닌가 하는 안타까움을 교회, 노회와 총회에서 느낀다.

교회는 스스로 높은 담을 쌓고 외형적인 것에 더 관심을 갖고 있다. 회칠한 무덤 같이, 하나님의 말씀의 세계로 들어가자고 하면서, 결국에는 목회자 개인의 국한된 이념과 잘못 배운 민중 신학의 범주에서 벗어나지 못하고, 억지 끼어 맞추기 식으로 성경본문을 인용하는 공허한 메시지만 전하는 교회가 되어가고 있다. 그것은 설교가 될 수 없다. 하나님의 진정한 음성을 듣기를 원한다.

교목실의 M 전도사는 2019년 9월 둘째 주일에 출석하는 교회의 대예배 시간에 갈라디아서 5장 22절과 23절의 말씀을 본문으로 하는 설교를 듣고, 은혜를 받았다고 한다. 그리고 그 은혜를 기초로, M 전도사는 9월 16일 월요일 교직원 경건회 시간에 성령의 아홉 가지 열매에 대한 설교를 하였다. 매일 아침 성경말씀을 카카오 톡으로 보내주는 M고등학교 교목실 K 목사의 9월 16일 아침 성경말씀은 너무나 놀랍게도 갈라디아서 5장 22절~23절 말씀이었다. 같은 날 거의 비슷한 시간에 같은 성경말씀을 보내왔다는 것에 대해서, 나는 소스라치게 놀라며, "성령"에 대해서 깊이 생각하게 되었다. 성령의 사람은 그 아홉 가지 열매를 맺으면서 살아가야 한다는 것이다.

오직 성령의 열매는 사랑과 희락과 화평과 오래 참음과
자비와 양선과 충성과 온유와 절제니
이 같은 것을 금지할 법이 없느니라

거룩한 공동체는 '성령의 아홉 가지 열매'를 맺어야 한다. 거룩한 공동체를 형성하는 성도는 모두가 성령의 열매를 맺어야 한다. 그런 삶을 살아가야 한다. 우리의 교회가 거룩한 공동체가 되기를 간절히 바랄뿐이다.

2019. 9. 17.

슈필라움

●●● "인간이 의식주 조건이 잘 갖추어진 아무도 살지 않는 무인도에서 혼자서 평생을 살 수 있을까?" 이런 생각을 해본다.

인간관계로 갈등하고, 괴로워하고 힘들어하고, 때로는 증오하며, 오해받을 일도 없지 않겠는가? 하지만, 이내 이것은 불가능하다고 생각했다. 가끔씩 '제주도 해변가에서 한 달 살아보기, 지리산에서 한 달 살아보기' 등의 유혹을 받기도 하지만, 쉬운 일이 아니다. 욕정을 억누르지 못해서가 아니라, 외로워서 혼자 살 수 없을 것 같다.

세상일에 지치고 힘들 때, 몸과 마음의 힐링을 위해, 홀로 어디론가 훌쩍 떠나고 싶은 것은 아직 청춘이라서일까? 이제는 몸서리칠 만큼 고백에 찌든 내 모습은 아니지만, 홀로이고 싶지 않다. 혼자만의 시간을 갖는다는 것은 사치스러운 삶이며, 부질없는 소득이 없는 소비적 행태라고 비판해왔다.

코로나바이러스 덕분에 이제는 혼자만의 시공간도 필요하지 않을까? 하는 질문을 스스로에게 위로 삼아 던지며, 생각해 본다.

하나님도 아담이 혼자 지내는 것이 보시기에 좋지 않아서 이브를 배필로 정해 주지 않았는가? 혼자인 것은 좋지 않다. 꼭 이성이 아니더라도 누군가와 같이 있는 것이 좋다. 이글거리는 욕정의 분출 제어가 어려워서 혼자인 것이 싫은 것이 아니라, 고백, 외로움이라는 것을 애써 삶에 담고 싶지 않아서이다. 때로는 배우련다, 혼자만의 시공간을 갖는 것은 또 다른 새로움으로 나아가기 위한 쉼터라고 생각한다.

2019년 6월에 김정운 작가의 작품들이 베스트셀러가 되었다. 그의 작품 가운데, 〈바닷가 작업실에서는 전혀 다른 시간이 흐른다〉라는 책을 읽었다.

지금 대한민국이 불안과 분노로 가득한 이유는 '슈필라움(Spielraum)'의 부재 때문이라고 역설하고 있다.

작금

작년부터 나 자신도 불안과 분노가 마음에 가득 차 있다. 때로는 분노조절의 스위치가 오작동되더라도, 분노를 마음껏 발산하고 싶지만 현실적으로는 어렵다.

분노를 조절하고 싶어, 책을 읽었다. 독서를 하는 동안에는 심리적인 치유가 되는 듯했지만, 아직도 나 자신의 마음은 불안과 분노가 한쪽에 자리를 차지하고 있다.

불안의 요소 없이, 내가 진정으로 하고 싶은 일을 내 마음대로 할 수 있는 최소한의 공간.

그러면서 김정운 작가는 그 책에서, "인생을 바꾸려면 공간부터 바꾸라."고 한다.
매우 의미가 있는 말이다.

'나만의 공간'
공간과 심리

개개인의 취향과 관심으로 구체화되어야 진정한 '슈필리움'을 갖게 된다고 한다.
다른 시각에서 보면, 사회 속에서 괴리된 느낌도 받게 된다. 하지만, 나의 확실한 주체성(identity)이 없는 상황에서의 공동체는 또 다른 각도에서 보면, 정말 무의미하다고 할 수 있다. 그러기에 "나 자신을 알라"라는 말과 같이, 나의 주체성(identity)을 찾기 위해서는 나만의 공간이 필요하다고 생각한다.

슈필라움(Spielraum)은 나만의 공간, 주체적 개인의 주체성이 흠뻑 배어 있는 공간을 의미하는 단어인데, 독일어의 Spiel(놀이)과 Raum(공간)의 합성어이다. 물리적인 공간은 물론 심리적인 여유까지 포함하는 단어인 슈필라움(Spielraum)은 내 마음대로 할 수 있는 자율의 공간이다. 어느 것에도 구속을 받지 않는 '스스로'가 자유로운 시공간이다.

집의 공간이 넓어 식구들이 독방을 쓰면서 성장한 아이와, 집의 공간이 좁아 형제 또는 자매들이 같은 방을 사용하면서 성장한 아이의 성격이 다르다고 한다. 서로의 장단점이 있다. 코로나바이러스가 기승을 부리고 팬데믹 현상이 이어지면서, 요즈음은 대형 평수의 아파트가 다시 각광을 받고 있다고 한다. 어느 정도 적당한 시공간이면 좋으련만, 인간의 욕구는 무한정이어서, 평수가 넓으면 넓을수록 좋다고 생각한다. 슈필라움의 시공간도 자유롭고 넓은 공간을 선호할는지 모르지만, 심리적 차원에서의 자유스러움을 추구한다면 물리적인 제약은 크게 작용하지 않을 것이라고 생각해 본다.

코로나바이러스가 자연스럽게 슈필라움을 추구하도록 만드는 세상이 되었다. 군중 속에서 고독을 느끼기도 하지만, 때로는 군중 속에서 나를 제대로 찾기 위해서라도 슈필라움은 필요하다고 생각한다.
고독이 때로는 창의적 생각의 발산으로, 나 자신과 우리 사회를 진취적인 발전으로 이끌기도 한다. 고독의 순간이 비생산적인 삶의 효율성이 낮은 행위라고도 할 수 있지만, 때로는 고독 뒤에 깨닫는 성찰을 통하여 승화된 역동적인 삶을 창출해 낼 수도 있다. 그러기에 때로는 슈필라움을 지니고 싶다. 그런데 현실적으로 그런 시공간을 만들어내기가 쉽지 않다.

나이가 들어서, 때가 되어서, 결혼을 하면서, 새로운 삶의 보금자리를 마련하게 되지만, 결혼 적령기를 지나서, 아직 결혼을 하지 않은 사람들은 부모님을 떠나서, 집에서 분가해서 오피스텔 또는 원룸(one room)에서 살고 싶어들 한다. 자기만의 공간을 추구하는 것이다.

화려하고 값비싼 가구가 아니더라도, 거실 한쪽에, 나만의 공간을 마련해, 휴일에, 또는 퇴근 후 저녁식사 이후만이라도, 나 혼자만의 공간을 갖고 싶다. 읽을 만한 책과 노트북이 없더라도, 메모지와 볼펜만 있어도 되지만, 사실 이것조차 자아를 구속하는 도구로 전락될 수 있어서, 가시적인 슈필라움이 아니더라도, 그냥 조용히 무념의 상태에서의 심리적인 나만의 시공간에서도 진정한 슈필라움을 추구할 수는 있을 것 같다.

2021. 3. 3.

2016년 가을에 겪는 고독

●●● 어제는 개교기념 행사를 하였다.

오후에는 맑게 갠 가을 하늘을 바라보며 사제동행체육대회를 가졌으나, 교사들의 참여 미흡으로 사제동행 행사는 되지 못하고, 학년별 축구, 농구 결승전만 가졌다.

예전 같이 열정적인 교사들을 찾아보기가 힘이 든다.

오늘은 재량휴업일이다. 어제 열심히 체육대회를 하고 피곤할 테니, 하루를 쉬자는 의미였으나, 결국에는 어제도 쉬고 오늘도 쉬는 꼴이 되었다.

이런 자그마한 것조차 이루어지지 못하는 교육 현실에 마음은 답답하다.

그냥 넓은 마음으로 이해하려고 해도 그러하지 못함에 내 마음만 상처를 받는다.

오늘은 10월 26일

10. 26 사태가 발생한 지 벌써 37년이 되었다.

나와 本이 같은 金寧 金氏 김재규 장군이 저지른 일이다.

정치적으로는 알고 싶지 않다. 그러나 나는 인간적으로 김재규 장군을 좋아한다.

오늘은 재량휴업일이지만, 출근했다.

아침에 학교로 오는 길에 라디오를 통해서, 〈비발디의 사계 가을 제3악장〉을 들었다. 아침 출근길 막히는 도로에서 가다 서다 서행을 하면서 듣는 〈비발디의 사계 중 가을 제3악장〉은 바이올린 현악 연주이지만, 힘이 있다.

흔히들 가을은 낭만의 계절, 사색의 계절이라고 한다.

한 해가 저물어가는 시점에 우리의 삶을 뒤돌아보는 좋은 시점인 것 같다.

온갖 곡식들이 영글어가고, 과실이 열매를 맺는 수확의 계절인데, 나는 금년 한 해 동안에 뭘 했는가? 자문해 본다.

쉼

쉼이란, 삶에 지쳐있을 때 절대적으로 필요한 것인데, 쉴 수가 없다. 계속 떠밀려서 나아가야 한다. 옮겨지지 않는 발들이 그냥 타성으로 밀려간다. 아침을 그냥 맞이하고 새날을 특별한 결단도 없이 그냥 시작한다. 그냥 세월이 강제적으로 나를 끌고 간다.

이번 여름은 "가을이 과연 올까?" 라고 생각할 정도로 무척 더웠다.

아직은 한낮에는 덥다.

학창시절에는 10월 24일이 공휴일이었다. 대학시절 2학기 중간
고사를 마치고, 가벼운 맘에 친구들과 소요산의 단풍을 구경하곤
하였는데, 언제부터인가 '10월 24일 UN DAY'가 공휴일에서 제외되
었다. 세계적으로 기념하는 국제연합일은 1945년 10월 24일 국제
연합이 창설된 것을 기념하여 제정되었다. 우리나라에서는 6.25 한
국전쟁 때 국제 연합군이 참전한 것을 기념하기 위해서 1973년 각
종 기념일 등에 관한 규정에서 국제연합일을 공휴일로 정했다.

지금은 학교에 나와서 조용히 생각을 정리하며, 그동안의 일들을
정리한다.

변화를 정말 싫어하는 분위기에서, 이제는 더 이상 내가 어떻게
해야 할 일이 없는 것 같다.

내 몸의 컨디션이 영 좋지 않다. 두피 여기저기에 뾰두라지 같은
것이 났다.

두통이 심하고, 숙면을 하지 못하며, 설사를 하고…. 한마디로 몸
상태가 좋지 않다.

금년 8월 중순에 발생한 일 때문에, 일이 마무리되면 학교를 그만

둘 생각을 하였다. 사실 학교장이 책임질 일이 아니다. 문제도 없는 것이라고 본다. 학생들이 SNS를 통해서 문제를 야기한 것이라고 나는 생각한다. 그럼에도 불구하고, 문제가 해결되면 10월말로 학교장을 그만둘 생각인데, 식중독균이 보존식에서 검출되지 아니한 상황에서 문제가 종결되지 않았다. 그런데….

참으로 진퇴양난(進退兩難)이다.

사면초가(四面楚歌)다. 사방에서 들리는 초(楚)나라 노래이다. 한(漢)나라가 항복한 초(楚)나라 병사로 하여금 고향을 그리워하는 구슬픈 노래를 부르게 하였다.

슬픈 노래가 여기저기에서 들려온다. 교육청, 교사, 학부모, 학생, 동창회, 발전재단 등 사방에서 적군과 같은 기세로 달려온다. 같이 방어해 줄 용사들은 없다.

모두 자기 주변만 살피며 살아가기 바쁘다. 진정한 사제지간은 멸종되었다고 해도 과언이 아니라고 생각한다.

기독교 학교가 이 지경이 되어도, 총회는 교회는 힘이 되어 주지 못한다.

초(楚)나라의 항우(項羽)는 자기 나라 병사가 구슬프게 노래를 부르며, 낙심을 하였다.

지금 상황은 그렇지는 않지만, 거의 흡사하다. 사방이 적들이다.

Desperate triumphs over luck.

아군은 없다. 아군도 적군을 옹호해 주는 상황이다. 외로울 것도 없다. 중도포기(中途抛棄)만이 답인 것 같다.

내 스스로에게 비겁하다는 소리를 듣는다. 그러니 마음은 진퇴양난(進退兩難)이다.

그래도 여기저기 아픈 몸을 추스르며, 선선한 가을 공기를 큰 호흡으로 마시며 생각을 가다듬는다. 막연한 기다림을 하며, 2016년 가을은 좀 쉬었으면 한다.

2016. 10. 26. 오전 9시

기다림

●●● 기다림의 근원

기다리게 하는 근원은 무엇인가?

기다림은 왜 있는가?

타자(他者)를 위한 것인가 아니면 순수하게 자기 자신만을 위한 것인가?

많은 사람은 누구와 약속을 하고, 약속 시간에 맞추어 미리 나가서 기다리는 경우를 경험해 보았을 것이다.

기다리는 가운데 설레임도 있지만, 기다리는 무료(無聊)함을 달래기 위해, 요즈음은 휴대전화로 SNS를 하든가 아니면, web surfing 등을 하면서, 나름 시간을 아끼기도 한다.

누구를 기다리는 것은 즐거운 일이다. 그런데, 기다리던 사람이 약속 시간에 맞추어 나타나지 아니하면, 짜증스러워진다.

아래 내용은 내가 2019년 5월 20일에 쓴 글이다.

기다림

기다림은
설레임으로 시작되다가
시간이 흐를수록
점점 답답함으로 반전하다가
모든 것이 두려움으로 변한다.

기다림은
파아란 희망으로 시작해서
인내의 아픔을 거치다가
결국에는 새까만 포기(抛棄)로 바뀐다.

그러나
인생을 달관한 철학자는
일생을 변함없이
기다림을 즐거움으로 여기고
묵묵히
오늘이라는 이름으로 다가오는

시간의 흐름에 순응하며
그냥 맡긴다.

흐르는 시냇물이
앞서 흐르는 물을 따라가다 보면
강이 되고 큰 해양이 되는 것처럼

기다림은
결국에는
파아란 희망이
다 이룸으로 변하여
즐거움으로 이어진다.

기다림 관련 시들은 무척 많다. 기다림이 외로움과 맞물려 있는
분위기의 시들이 많다.
그러나 행복을 주제로 하는 기다림 시들도 있다.

기다림

용혜원

동동 구르는 발
바싹바싹 타는 입술

자꾸만 비벼지는 손
뜨거워지는 심장
그대가 다가올수록
설레는 마음만 가득하다.

용혜원(본명 용영덕, 1952~) 시인은 1992년 "문학과 의식"을 통해 문
단에 등단했으며, 기독교 신앙을 지니고 있으며 기독교적인 시를
많이 쓰고 있다.

용혜원 시인이 2002년에 《내 마음에 머무는 사람》이라는 신작시
집을 내놓았는데, 이 시집에 실린 〈내가 사랑한 사람이〉라는 시
에는 다음과 같은 구절이 있다.

기다림은 그리움이 되어
홀로 있으면 눈물이 나고
웃음도 웃게 되는 걸 보면

내가 사랑한 사람이
참으로 좋았던 모양입니다.

기다림은 그리움이 되어, 옛일을 생각나게 하는 마력을 지닌 것

같다.

기다림

피천득

아빠는 유리창으로
살며시 들여다보았다

뒷머리 모습을 더듬어
아빠는 너를 금방 찾아 냈다

너는 선생님을 쳐다보고
웃고 있었다

아빠는 운동장에서
종 칠 때를 기다렸다

피천득(1910~2007) 시인은 서울대 영어영문학과 교수를 역임하며, 작가로서 많은 글을 쓰신 분이다. 아빠의 기다림…

기다림의 시인 정호승(1950~)은 경희대학교 대학원에서 국문학을 공부하였으며, 2011년 제19회 공초문학상 수상자로서, 많은 시를 쓰고 있다.

또 기다리는 편지

정호승

지는 저녁 해를 바라보며

오늘도 그대를 사랑하였습니다

날 저문 하늘에 별들은 보이지 않고

잠든 세상 밖으로 새벽달 빈 길에 뜨면

사랑과 어둠의 바닷가에 나가

저무는 섬 하나 떠올리며 울었습니다

외로운 사람들은 어디론가 사라져서

해마다 첫눈으로 내리고

새벽보다 깊은 새벽 섬 기슭에 앉아

오늘도 그대를 사랑하는 일보다

기다리는 일이 더 행복하였습니다

-정호승 시집《서울의 예수》중

기다림의 근원은 무엇인가?

가끔씩 복잡한 인간관계로 어긋나고, 마음이 상하는 때가 있다. 그럴 때는, 세상은 혼자 살아가는 것이 아님에도 불구하고, 혼자서 살고 싶다는 어리석은 생각을 갖는 경우가 있다. 만약에 혼자 살아가는 세상이라면, 기다림은 없다. 기다릴 대상이 없다. 기다려야 할 희망도 없고, 꿈도 없다. 같이 더불어 살아가는 세상이 아니라면, 기다림은 필요가 없다. 혼자가 아닌 세상이어야만 살아갈 희망이 있고, 기다릴 꿈이 있는 것이지, 혼자 살아가는 세상이라면, 경쟁 상대도 없기 때문에, 짜증낼 일도 없지만, 즐거울 일도 없을 것이다.

세상은 혼자 살아갈 수도 없지만, 같이 더불어 살아가는 세상이기에 기다림이 있는 것이다. '사람 인(人)'이란 한자(漢字)의 의미가 이해 되듯이…

기다림의 근원은 사람이고, 사람이 갖고 있는 생각이며 마음이다.

카페에서 차 한 잔을 주문하고, 찻잔을 앞에 놓고, 상념에 젖으며, 글을 쓰면서, 누군가를 기다리는 삶의 여유는 누구나 지닐 수 있다. 그럼에도 불구하고, 많은 사람들은 여유를 갖지 못하고 분주하게, 짜증스럽게 인생의 시간을 흘려보내고 있다.

낚시는 '기다림'의 취미활동이라고 한다. 물고기들이 낚시 미끼를 물고 걸려들 때까지 기다리는 것이다. 나는 낚시를 하지 않지만, 낚시하는 사람들은 무한정 기다리며, 때로는 진종일 기다려도 한 마리도 잡지 못했다는 것을 텔레비전 프로에서 본 기억이 있다. 낚시꾼들은 낚시터에서 기다림을 배운다고 한다. 마냥 기다리는 것이 아니라, 기다리면서 인생의 기다림을 배운다는 것이다.

아토피 피부염은 '기다림의 병'이라고 한다. 아토피 피부염은 체내 면역세포인 림프구가 과민하게 반응하고, 염증매개물질인 히스타민(histamine)의 분비와, 염증세포가 피부 표면으로 이동하여 염증과 가려움증을 나타내는 피부 질환이다.

구약성경을 보면, 아브라함은 후손을 허락해 달라고 기도하면서 25년을 기다렸다. 그리고, 이스라엘 백성은 430년을 노예 생활을 하면서, 가나안성에 입성하기 위하여 430년을 기다렸다. 인생 자체가 기다림의 연속이며, '믿음은 기다리는 것'이라고 목회자들은 설교한다.

교회의 새벽기도회는 성경 전체를 매일 매일 한 장씩 읽어가면서, 성경 내용을 묵상한다. 오늘은 요나서가 시작되어야 하는데, 갑자기 이사야서를 읽게 되었다. 오늘부터 대강절 기간이라서 이사야서를 묵상한다고 한다.

보라 내가 새 하늘과 새 땅을 창조하나니 이전 것은 기억되거나 마음에 생각나지 아니할 것이라
너희는 내가 창조하는 것으로 말미암아 영원히 기뻐하며 즐거워할지니라 보라 내가 예루살렘을 즐거운 성으로 창조하며 그

백성을 기쁨으로 삼고

내가 예루살렘을 즐거워하며 나의 백성을 기뻐하리니 우는 소리와 부르짖는 소리가 그 가운데에서 다시는 들리지 아니할 것이며

(이사야서 65장 17절~19절)

I am creating new heavens and a new earth; everything of the past will be forgotten.

Celebrate and be glad forever! I am creating a Jerusalem, full of happy people.

I will celebrate with Jerusalem and all of its people; there will be no more crying or sorrow in that city.

이사야서 65장에서는 '새 하늘과 새 땅'을 이야기하고 있다.

여호와께서 주시겠다는 것은, 우리를 설레게 하며, 기다릴 수 있을 만큼 좋고 새로운 것이라고 말씀하신다. '새 하늘과 새 땅'이다. 새로운 것이지만, 사실은 고향(故鄉)이며, 본향(本鄉)이다. '새 하늘과 새 땅'이란 새롭게 제2의 세상이 창조되는 것이라고 생각되지는 않는다. 오히려 새로운 것은 바로 처음 것이라고 생각한다. 태초의 것으로 돌아가는 것이다.

그러기에 기다림의 근원은 말씀(logos)이며, 거룩하신 여호와 하나님 자신이시다. 천지를 창조하신 지구 은하계가 존재하지 않는다

면, 기다림은 없다.

대학교 학부 시절에, 신문사 기자도 하며 동아리 활동으로 극예술연구회에 가입하여 한동안 연극에 심취해서, 개인적으로 대학극단 시그마(Sigma, Σ)를 조직해서 활동한 적이 있었다. 그 때에 희곡을 많이 읽었는데, 그 중의 하나가, 사무엘 베케트 (Samuel Beckett, 1906년 ~ 1989년)의 작품 〈고도를 기다리며(Waiting for Godot)〉이다.

사무엘 베케트(Samuel Beckett)의 〈고도를 기다리며〉는 그의 대표적인 작품이며, 희비극이다. 2차 대전 당시, 베케트가 남프랑스의 보클루즈(Vaucluse)에서 숨어 살면서, 전쟁이 끝나기를 기다리며, 자신이 직접 겪은 경험을 바탕으로, 인간의 삶 속에 내재된 보편적인 '기다림'을 작품화한 것이다.

이 작품은 그리스 신화에 나오는 교활하고 못된 지혜가 많기로 유명한 시시포스(Sisyphus)의 이야기를 차용한 것이다. 시시포스가 신의 형벌을 받아, 저승에서 무거운 바위를 산 정상으로 끊임없이 밀어 올리지만, 도로 산 밑으로 내려온다. 그러나 시시포스는 다시 내려올지라도, 큰 바위를 산 정상을 향해 밀어 올린다. 등장인물 두 부랑자 블라디미르(Vladimir)와 에스트라공(Estragon)은 50년 동안이나 오지도 않는 고도를 기다린다. 베케트는 이 작품 속에서 인간의 삶을 단순한 '기다림'으로 정의를 내리고, 이와 같은 '기다림' 속에서 인간 삶의 의미를 찾을 희망이 없는, 인간존재의 부조리(不條理)를 보여주고 있다.

인간의 삶도 시시포스와 같다고 생각한다. 끊임없이 현실에 도전하고, 실패하고, 좌절하고, 울고 웃고 하면서, 누군가를 뭔가를 기다린다. 또다시 큰 바위를 산 정상으로 밀어 올린다. 이 자체가 인생이라고 생각한다.

이 작품에서 베케트는 '고도'를 작품 속에 등장시키지는 않으며, 작품 속에서, 소년 전령을 통해 "오늘은 못 오고 내일은 꼭 온다."는 전갈만 보낸다. 그의 작품 속에서 거론하는 '고도'가 누구인지, 무엇을 의미하는지 명확하지 않으며, 심지어 작가인 베케트 자신도 "고도가 누구이며 무엇을 의미하느냐?"라는 질문에 "내가 그걸 알았더라면 작품 속에 반영했을 것이다."라고 대답했다는 유명한 일화도 있다고 한다.

우리 인간이 인생을 살아가면서, 우리가 그리워하고, 기다리는 것이 무엇인지 조차 모르고 살아가는지도 모르겠다. 내 마음 속의 "고도"는 무엇인가?

우리가 기다리는 고도의 근원은 무엇인가?

기다림의 목적은 무엇인가?

기다림의 목적이 분명해야 한다. 크게 보면, 기다림의 목적이 인생의 목적일 수도 있다.

오래된 일이지만, 너무나 끔찍한 사건이기에 기억되는 것이 있다. 1990년 8월 신촌 공중전화박스 앞에서 발생한 살인사건이다. 우발적인 사회병리현상이지만, 전화를 걸기 위해서 기다리다가 앞의 통화자가 "용건만 간단히" 하지 않고 길게 한다고 뒤에서 기다리던 사람에게 흉기를 휘두른 것이다. 전화를 걸기 위해서 줄을 서서 기다린 것이 목적이었는데, 끔찍하게도 생명을 잃게 된 것이다. 기다림의 목적이 '죽음'은 분명 아닌데, 우리는 요즈음 '죽기 아니면 까무러치기'의 인생을 살고 있는 것은 아닌지? 분명한 인생의 목적이 있어야 하는데…

의사로부터 '시한부 인생(a time-limited life)'을 선고 받은 환자는 인생의 마지막 시간을 무척 귀하게 여기며, 인생의 목적을 곱씹어 볼 것이다. "좀 더 착하게 살걸.", "좀 더 정직하게 살걸.", "남을 위해서 섬기며 살걸."이라고…

우리가 매일 아침 눈뜨면 맞이하는 평범한 아침이지만, 그 아침은 "며칠만 더 살았으면" 하면서 간절히 기도하다가, 어젯밤에 세상을 떠난 사람이 그토록 기다렸던 바로 그 아침이다.

기다림의 고통
고통에도 의미가 있다.
기다림은 긴긴 시간이 소요되며, 인내가 필요하며, 열정과 노력이 필요하다.
기다림에도 고통이 있을 수밖에 없다고 생각한다.

인생은 기다림의 연속이다. 그러니 인생에서는 당연히 고통의 단계가 있으며, 그것을 뛰어넘어야 성숙의 단계, 완성에 이르는 단계, 목적으로 가는 길에 다다를 수 있을 것이다.

출근길에 전철을 바로 코앞에서 놓치고, 그다음 열차를 기다리는 출근하는 직장인의 마음

은행 창구 앞에서 순서 번호표를 들고, 입금하고자 기다리는 서민의 마음

조직검사를 받고, 판정을 기다리는 환자의 마음

면접시험을 치루고, 최종 결과를 초조하게 기다리는 취업준비생의 마음

승진에서 탈락되면, 1년을 기다린다. 그 1년이 고통일 수도 있고, 목적으로 이르는 길이 될 수도 있을 것이다.

올림픽 출전권을 얻는 것도 어렵지만, 어렵게 올림픽에 출전에서 메달을 목에 걸지 못하거나, 손에 잡지 못했다면, 또다시 4년을 기다려야 한다.

전쟁터에 남편을 보내고, 무사귀환을 기다리는 여인의 마음은 이미 기원전부터 있었던 일이다.

1970년대 강원도 정선의 탄광 입구에는 "아빠! 오늘도 무사히"라는 팻말을 오늘날 문화단지로 변모한 "삼탄아트마인"에서 폐탄광으로 된 그 입구에 아직도 그대로 보존되어 있다. 남편을 탄광으로 보낸 아내, 아버지를 탄광으로 보낸 아이는 아빠가 무사히 귀가하길 기도했을 것이다. 매일 매일 기다림의 연속이었을 것이다.

기다림의 희망

마지막 잎새(The Last Leaf)

미국의 작가 O. Henry(본명 William Sydney Porter) 단편소설, 〈마지막 잎새〉에서 폐렴으로 사경을 헤매는 여류화가 존시(Johnsy)가 창문 넘어 담쟁이덩굴 잎이 다 떨어지면, 자신의 생명도 멈출 것이라고 생각했다. 그녀에게 희망을 주기 위해서 아파트 아래층에 사는 원로화가 베어먼(Behrman)이 벽에 진짜 나뭇잎처럼 보이게 그림을 그려서 존시에게 희망을 준다는 이야기는 널리 알려진 내용이다. 누군가에게 희망을 준다는 것은 정말 고귀한 일이다.

기다림의 미학

느림, 한국인의 밥상은 기다림의 밥상이다. 솥에 밥을 하고, 냄비에 국을 끓이고, 전을 부치고, 김치, 된장, 고추장, 젓갈 등의 발효식품은 오랜 기간의 기다림을 요구하는 음식을 우리는 식탁에서 대하게 되므로, 한국인의 밥상은 기다림의 밥상이다.

기다림의 보람이 있다. 한국인의 끈기의 덕분이다. 흔히들 거북이를 느림보라고 한다. 하지만, 거북이는 결코 느림보가 아니다. 끈기가 있는 거북이다. 결국 거북이는 일을 해내고 만다. 이것이 기다림의 미학이다. '느림'은 결코 '빠름'에 대비해서 뒤쳐지는 못한 것, 나쁜 것이 아니다. '느림'은 '빠름'과 다를 뿐이며, 철학이 다른 것이다.

초조하지 않고, 여유를 지니고 기다린다면, 그 기다림의 시간은 행복한 것이며, 행복한 시간들이 이어지면, 그 삶은 아름다운 것이다. 이것이 기다림의 미학이다.

신약성경 누가복음 2장 22~33절에는 기다림의 내용이 나온다. "날이 차매"라는 것은 기다림의 결과이며, 시므온이라는 의롭고 경건한 사람은 '기다림의 사람'이었다. 하나님께서 주시는 '이스라엘의 위로를 기다리는'이라고 기록되어 있다.

모세의 법대로 정결예식의 날이 차매 아기를 데리고 예루살렘에 올라가니

이는 주의 율법에 쓴 바 첫 태에 처음 난 남자마다 주의 거룩한 자라 하리라 한 대로 아기를 주께 드리고

또 주의 율법에 말씀하신 대로 산비둘기 한 쌍이나 혹은 어린 집비둘기 둘로 제사하려 함이더라

예루살렘에 시므온이라 하는 사람이 있으니 이 사람은 의롭고

경건하여 이스라엘의 위로를 기다리는 자라 성령이 그 위에

계시더라

그가 주의 그리스도를 보기 전에는 죽지 아니하리라 하는

성령의 지시를 받았더니

성령의 감동으로 성전에 들어가매 마침 부모가 율법의 관례대

로 행하고자 하여 그 아기 예수를 데리고 오는지라

시므온이 아기를 안고 하나님을 찬송하여 이르되

주재여 이제는 말씀하신 대로 종을 평안히 놓아 주시는도다

내 눈이 주의 구원을 보았사오니

이는 만민 앞에 예비하신 것이요

이방을 비추는 빛이요 주의 백성 이스라엘의 영광이니이다

하니

그의 부모가 그에 대한 말들을 놀랍게 여기더라

느림의 아름다움

2019년 7월

2019년 7월의 더위를 식혀주는 장맛비가 내리고 있어서, 연일 습
도가 높아서, 불쾌지수도 올라가는 것 같다. 열대야로 인해서 밤에
잠을 깊이 이루지 못한 탓에 피곤함이 온몸을 짓누르고 있다.

지금 밖에는 비가 내린다. 여기저기서 걸려오는 전화. 비오는 날

창밖을 물끄러미 내다보며, 커피 향에 취하며, 일에 지쳐서, 이렇게 멍하니 시간을 보내는 정신적 빈곤상태가 되어 본다.

밤새 에어컨을 켜고 잠을 잔 덕분에 그래도 어느 정도 숙면을 한 것 같다.

요즈음은 자율형 사립고등학교(자사고) 학교운영성과 평가 결과로 나라 전체가 시끄럽다. 서로 상반되는 논리로 자사고를 놓고 흔들어대고 있다. 그 중심에서 매일매일 시달리고 있다. 그래도 지금 이 시간은 망중한(忙中閑)이다.

바쁜 일상 가운데에서도 시간을 내서, 쉼을 얻고 있는 것도 감사한 일이다.

그런데 세상이 바뀌어도 너무 급변하고 있다. 모든 것이 바뀌고 있다.

인공지능(AI, Artificial Intelligence)이 지배하는 세상을 추구하는 4차 산업혁명시대가 이미 도래했다. 인공지능이 우리네 삶을 편리하게 해주기도 하지만, 예상하지 못했던 역기능도 만만치 않다. 그래서 나는 인공지능시대가 싫다. "아날로그(analogue)시대"가 그립다.

세상이 너무도 빠르게 변화해 가고 있다. 일부 대학교에서는 발빠르게 공과대학에 "AI학과"도 신설하고, 산업기술과 학문과의 연계를 추구해 나가고 있다. 미래를 예측하고, 향후 10년 뒤, 20년 뒤 세상을 이끌어갈 인재를 길러내는 것이 아니고, 지금 당장 인기가 있는 분야에 관심을 갖게 되고, 그런 분야의 학과를 신설하는 등 우리는 좀 더 중장기적인 안목보다는 근시안적인 안목에서 학문에 접근하는 것 같다.

다문화시대와 다학문시대가 펼쳐지고 있다. 최근에는 시대적인 흐름과 요구에 따른 학과 신설도 있지만, 다학문적인 학과 신설도 하고 있다. '복합, 하이브리드'가 인기를 끌고 있다. 그렇게 되면서 자연스럽게 순수학문이 위축되는 듯 보이지만, 사실은 모든 학문의 밑바탕은 순수학문이 차지하고 있다.

과학기술, 문화라는 것은 인간 삶의 질적인 개선을 도모해야 한다. 그런데 우리가 과학기술을 추구하고 있는 것이 삶의 질적 개선이 아니라, 결과물적으로는 인간미를 메마르게 하며, 삶의 질을 윤택하게 해주지 못하고 있다. 오히려 "더 빨리 더 빨리" 삶을 몰아가면서, 불안하게 만들어주는 것 같다.

우리네의 1960년대 삶과 비교하면, 정말 많은 발전을 했다. 지금 옛날로 뒤돌아가라면 못 살 것 같이 느껴지면서도, 경복궁 내에 만들어 놓은 50~60년 전의 모습을 본뜬 조형물과 사진들, 서울역사박물관 등의 전시장에 걸려 있는 옛 우리네 삶의 모습이 담긴 사진들을 보면, 어린 시절로 돌아가서 향수에 젖는다. 옛날로 돌아가고 싶다. 비록 바나나 한 개를 놓고 형제간에 다투고, 그 반쪽을 두고두고 먹었던 시절이라고 하더라도, 삶의 진솔함이 듬뿍 담긴 그런 시대로 돌아가고 싶다.

'카카오톡'으로 순식간에 전 세계 어느 곳이든지 동시에 소식이 전해지고 자료가 전송되는 신기하고 놀라운 시대에 살고 있지만, 나는 이런 숨 막히게 하는 시대가 싫다. 1960~1970년대처럼 더디지만 우편으로 입사 합격통보를 마음 졸이며 기다렸던 그런 시절이 나는 더 좋다. 지금은 서울에서 승용차로 2~3시간 안에 동해안 해수욕장으로 갈 수 있다. 그러나 나는 1970년대 비둘기호 기차를 타고 밤새 떠들며 동해안으로 갔던 그런 시절이 더 인간미가 풍긴다고 생각한다.

나는 대한민국 수도 서울에서 살지만, 선친(先親)이 어린 시절을 보냈던 경상북도 의성군 다인면 삼분동을 가끔 방문했다. 가보면 1950~1960년대 당시 서울의 모습을 생각나게 한다.

동남아시아 여러 곳에서도, 1950~1960년대 우리네 삶의 옛 모습을 발견하곤 한다. 그런 모습들이 어색하지 않고 오히려 친근감이 간다. 문명의 회귀를 할 수 있으면 좋겠다는 부질없는 생각도 해보곤 한다.

"좀 더 천천히 좀 더 천천히" 갈 수는 없을까?

너무도 급속하게 변화되는 삶의 환경과 격변하는 사회분위기와 정치적인 소용돌이가 우리네 삶을 아프게 하고 있다. 옛날로 돌아가고 싶다.

10여 년 전 독일의 구 동독지역의 도시 한복판에 걸린 포스터에 나치주의자들이 외쳤던 "Go East"와 같은 유사한 생각을 갖게 만드는 것은 누구의 탓인가?

베트남의 최북단 하장(Hà Giang)이라는 마을에서 느끼는 친근감, 포근함을 어떻게 설명할 수 있을까? 하장(Hà Giang)은 참으로 "깡촌"이라고 할 정도의 베트남 농촌 마을이다. 하장(Hà Giang)은 옛날 중국 본토에서 이주해 온 소수민족 몽족이 살고 있는 마을이다. 몽족의 주된 생활은 농사를 기반으로 하며 살아가는 삶이며, 문명의 혜택을 적게 받는 곳이지만, 그 마을의 점포(옛날 우리네 '구멍가게')에서 팔고 있는 물건들을 보면, 어설프기 그지없지만, 그들에게는 귀한 상품들이며, 그나마 문명의 혜택을 가져오는 물건들이다.

아프리카 원주민들은 몸에 걸친 것 거의 없이, 맨발로 살아가면서, 물고기 잡아서 구워 먹으며, 야자수 열매 따서 먹는다. 부락 원주민들이 함께 어울려 무슨 언어인지도 모르지만, 그들의 삶의 애환과 기쁨과 탄성을 표현하는 듯 하는 노래를 강렬하게 부르며, 전통춤을 추며 축제를 갖는다. 그들의 신에게 감사의 노래와 춤을 드리는 축제를 보면서, 묘한 삶의 역동감을 느낀다. 인류가 살아가는 방법은 세상 어디나 비슷한 것 같지만, 문명을 받아들이는 문명전파 속도가 다르기 때문에, 삶의 환경 편차는 있다.

〈꿈바야(kum ba yah)〉라는 노래는 지금 우리나라에서 대중 노래가 되었지만, 내가 어린 시절 교회에서 배우고 부른 적이 있다. 단순하면서 반복적인 가사의 애절한 이 노래는 서아프리카 앙골라지역에서 선교사들이 선교를 하면서 〈Come by Here, LORD〉(오 주님 이곳에 오시옵소서)라는 노래를 가르쳐 주었는데, 영어에 익숙하지 못한 흑인들에게는 "꿈바야"로 들렸고, 이후 이 노래는 흑인영가가 되었다고 한다. 하지만 후에 아프리카 흑인들이 아메리카에 끌려가 노예가 되면서 비참한 자신의 운명에 귀 기울여 달라는 간절한 소망을 담아 다시 노래를 시작했다고 한다.

Kum ba yah, My Lord, Kum ba yah
오 주님 여기에 오소서

이런 노래를 부르며, 아프리카에서 살아가는 원주민들이 더 진솔하고 행복한 삶을 살아가는 것이 아닌가 생각해 본다.

바쁜 일상에서 '패스트 푸드(fast food)'가 인기를 끌고 있지만, 또다른 세상 한쪽에서는 '슬로우 푸드(slow food)'가 관심을 끌고 있다. 우리네 삶의 지혜가 담긴 전통음식은 '슬로우 푸드(slow food)'이다. 특히 발효식품들은 오랜 시간이 지나야 먹을 수 있기 때문에, 우리네 삶의 전통음식은 '슬로우 푸드(slow food)'이다. 오히려 전통음식은 건강식들이다.

우리나라 전통식품의 하나인 고추장, 된장, 간장, 김치, 막걸리 등 모두가 발효식품이다. 오랜 시간이 지나서 숙성되어야 먹을 수 있는 식품들이다. 우리 선조들은 얼마나 멋진 삶의 여유를 지니고 살아왔는지를 알 수 있게 해준다.

선비들의, 양반들의 걸음걸이를 보면, 얼마나 여유가 있는지 알 수 있다. 느린 미학이다. 나도 나이가 이제 예순 중반을 지나고 보니, 다리 근력이 없어서 걷는 속도가 늦다. 그럼에도 불구하고, 좀 더 여유를 지니고 걷는 자세를 터득하고자 한다.

옛날 초등학교 국어교과서에 나오는 〈토끼와 거북이〉 이야기

오늘날, 우리는 거북이의 삶의 자세를 배워야 할 것이다. 주변을 의식하지 않고, 나만의 길을 가는, 여유를 지닌 '느린 아름다움'을 〈토끼와 거북이〉 이야기를 통해서 새삼 깨닫게 해준다.

우리는 왜 바쁜가? 목적이 있기 때문이다. 아직은 희망을 갖고 도전하고 경쟁하기 때문에 바쁜 것이다. 요즈음 기자들과 대화를 갖는 시간이 많아졌다. 기자들도 조급해 한다. 결론만 듣길 원한다. 빨리 특종 기사를 작성해야 하므로, 늘 시간에 쫓기는 삶을 살고 있는 것 같아서 애처롭다. 나는 아직 인생을 모두 포기하지는 않았지만, 전철을 기다리다가도, 사람들이 많이 탄 전철이 오면, 다음 열

차, 그 다음 열차를 기다리곤 한다. 한 템포 천천히 가고 있는 것이 오히려 안전하고, 삶의 여유 속에서 편안함을 느끼게 해준다. '아웅다웅, 바둥바둥, 허둥지둥, 갈팡질팡, 안절부절'하며 살고 싶지는 않다.

아직 문명의 이기를 받지 못한 국가 원주민들의 삶이 더 행복한 것 같다. 미국에 사는, 한국에서 이민을 간 사람들을 만나보면 차이가 있는 것 같다. 미국 동부 워싱턴, 뉴욕 등지에 사는 사람들을 보면, 여유가 없이 바쁘게 사는 것 같다. 그러나 미국 대도시에 살고 있다는 자부심은 지니고 있는 듯하다. 하지만 서부 LA 등지에 살고 있는 사람들을 만나보면, 삶의 여유를 지니고 있는 것 같았다. 호주 시드니에서 살고 있는 교포들보다 뉴질랜드 오클랜드에서 살고 있는 교포들의 삶이 더 여유로워 보이는 것은 나 개인적인 느낌은 아닐 것이다. 문명의 혜택을 더 받은 곳, 농촌보다 대도시에 살고 있는 사람들이 더 삶의 여유가 없는 것 같다.

쉼이 있는 기다림 삶의 숨

대학교수로 있으면서, 공학을 공부하는 학생들에게 "삶에서 가장 중요한 단어가 무엇이냐고?" 질문을 던지곤 했다. 많은 학생은 '행복'이라고 답을 했다. "공학을 공부하는 목적, 공학에서 추구하는 목표는 무엇이냐?" 질문을 하면, 학생들이 답을 잘 못했다. 그래서 나는 공학에서 추구하는 것도 인간 삶의 질적 향상, 행복이라고 내 생각을 전했다.

사실, 공학에서 추구하는 목표뿐만 아니라 모든 학문에서 추구하는 진정한 목표는 우리 인간의 삶과 밀접하며, 그 궁극적인 목표가 바로 행복(샬롬, shalom)이다. 샬롬(shalom)은 히브리어 쉘럼(히브리어: שלום)에서 나온 말이다. 쉘럼은 히브리어로 평화, 평강, 평안을 의미하는 말로, 일반적인 히브리어 인사 중 하나이며, 우리네 삶에서 "안녕하세요", "잘 가세요"와 같은 의미이다.

쉼이 있는 그런 삶이 그리워진다.

마라나타(Maranatha)

"오 주님, 어서 오시옵소서(Come, O Lord!)"

마라나타는 "우리 주님께서 오십니다."라는 뜻의 아람어 '마라나타'(את אנרם: maranâ thâ)의 헬라어 음역(音譯)이며, 그리스어로는 Μαρ αναθα, Our Lord has come의 의미를 지니고 있다.

마라나타는 예수그리스도의 다시 오심을 간절히 사모하는 초대교회 성도의 신앙과 소망이 함축된 기도문이자 성도 간의 인사말이다. 마라나타라는 단어는 성경에서는 고린도전서 16장 22절에서 단 한번 나온다.

그리고 신약성경의 마지막인 요한계시록 22장 20절에서는 마라나타를 번역해서 "아멘, 주 예수여 오시옵소서."라고 기록되어 있다.

The one who has spoken these things says, "I am coming soon!"
So, Lord Jesus, please come soon!

지금은 2019년 12월

대림절(Advent) 기간이다. 교회력은 대림절로부터 시작한다. 한 해의 마지막인 12월이 아니라, 한 해의 시작을 알리는 의미가 있다. 보라색(violet, purple)이 기다림을 의미한다고 해서, 대림절 기간에 교회에서의 예전색(禮典色)으로 고귀한 의미를 지닌 보라색을 사용한다.

대림절 기간에 크리스천들은 예수 그리스도를 기다린다.

기다리는 마음은 고귀해야 할 것 같다. 신비롭고 설레는 마음으로 대림절 기간을 지내야 하는데, 나는 머릿속이 복잡한 가운데, 심란한 마음으로 12월을 보내고 있으니, 크리스천으로서 잘못되어도 한창 잘못된 것 같다.

한해의 이러저러한 일로 아픈 마음을 서로 서로 위로하며, 예수그리스도의 다시 오심의 의미를 되새겨 본다.

대림절은 성탄절 이전 4주간의 기간이며, 예수그리스도의 성탄과 다시 오심을 기다리는 교회 절기이다. "Advent" 어원은 라틴어의 "오다"라는 뜻의 라틴어 "Adventus"에서 유래된다.

어둠의 세력이 판치는 어두운 이 땅에, 빛으로 오시는 예수 그리스도

고난의 십자가를 지시기까지, 이 땅에서 인간들에게 삶의 표본을 보여 주신 예수님께서 우리의 삶 속에서 늘 현존하길 바라는 마음을 다시금 다지는 기간이 대림절 기간이 아닌가 생각한다.

매년 사순절 기간과 대림절 기간이 되면, 나는 나의 마음을 뒤돌아보게 된다. 부끄럽기 짝이 없는 못난 자신의 잘못을 회개하고, 앞으로는 착하게 성실하게 살아가겠다고 다짐을 하며, 새벽기도회에 나가서 죄를 고백하고 회개한다.

대림절 기간에 내게 질문해 본다. "어린아이처럼 산타크로스가 가져다 줄 선물을 기다리는 것은 아니지만, 그런 유형으로 어른이 된 자신에게 선물을 가져다주길 바라는가?" 그런 것 같다.

대림절 기간에 진정으로 기다리는 것은 무엇인가?

우리는 무엇을 기다리며, 삶을 살아가는가?

2019. 12. 14.

가을 단상

●●● 어제는 2017년 10월 2일 선친 기일이다. 대체공휴일 덕분에 34 주기를 온 가족들이 함께 동산을 찾아서 성묘할 수 있었다. 우리 집에서는 아내와 지현이와 선우랑 함께 외할아버지 산소까지 성묘를 하였다. 오후에는 아내가 병환 중인 어머니를 모시고 병원에 가려고 했으나 고집을 꺾지 못하고, 한참 후에 지현이가 할머니를 잘 설득하여 병원에 모시고 갔다. 장모님도 병세가 좋지 않아서, 아내랑 지수, 지현, 선우랑 함께 찾아뵈었다.

　두 분 모두 90세가 넘어서, 이제 언제 가실지 모르는 상황에서, 지켜보는 입장이 되었다.
　연휴이지만, 마음은 그렇게 편하지 않았다.
　애써 마음의 평정을 찾으려고 라디오를 틀었다. 방송국들은 파업을 하고 있어서, 대부분이 음악편성으로 진행하거나, 과거 방송분을 다시 송출하고 있다.

"아 가을인가" (김수경 작사, 나운영 작곡)

"아 가을인가" 이 곡은 작곡가 나운영이 14세 때, 김수경의 시에 곡을 붙여 작곡한 곡이라고 한다. 이 곡은 가을이 되면 자주 부르고 있는 유명한 우리나라 가곡이다. 이 곡을 오늘만 벌써 두 번이나 같은 방송국에서 듣고 있다.

아 가을인가, 아 가을인가
아아~ 가을인가 봐
물동이에 떨어진 나뭇잎 보고
물 긷는 아가씨 고개 숙이지

아 가을인가, 아 가을인가
아아~ 가을인가 봐
둥근 달이 고요히 창에 비치면
살며시 가을이 찾아오나 봐

2017년 시월은 열흘간의 추석연휴로 한가로이 시작되었다. 하지만, 지금 한반도는 북한의 핵무기 위협으로 주변국들과 강대국들 사이에서 미묘한 기류가 흐르고 있다. 미국 라스베가스에서는 총기사고가 발생하여, 많은 사람들이 사상당한 것 같다. 스페인은 카탈루냐가 독립하려고 독립투표 진행을 감행하고, 과잉 진압하여 소요

사태가 일어났다. 전 세계가 시끄럽다.

서울 도심가는 차량의 왕래도 적고 한가로운 모습이다. 학교는 긴긴 가을방학을 맞이하여, 대학입시 준비로 한가롭지는 않지만, 그렇게 열기가 뜨겁지는 않다.

모처럼의 긴긴 휴가이지만, 오늘도 아침 일찍 출근하여, 학교 구석 구석을 돌아보다가, 아내가 준비해 준 도시락으로 점심을 먹고, 커피 향과 라디오의 음악 선율의 흐름에 취하여 한가로이 글을 쓰고 있다.

다시금 감수성을 건드리는 가곡이 흐르고 있다.

마음은 정지되어 있다. 그냥 그대로 지금 이 자리에서 마음도 멈춘 듯 하다.

고향의 노래(김재호 작시, 이수인 작곡) 가사의 일부이다.

국화꽃 져버린 겨울 뜨락에
창 열면 하얗게 무서리 내리고
나래 푸른 기러기는 북녘을 날아간다
… … …

아 이제는 손 모아 눈을 감으라
고향집 싸리울엔 함박눈이 쌓이네

이수인 작곡의 곡들은 항상 마음을 평온하게 해준다. 고향의 노래 곡을 피아노 연주로 듣고 있으면, 시나브로 점점 마음이 평온해진다. 벌써 11월말이 된 기분이다. 내 마음 속의 싸리울에 함박눈이 내리고 있다.

"아~ 이제는 한적한 빈들에 서보라 고향 길 눈 속에서 꽃등불이 타겠네" 원로 작곡가 이수인은 주옥같은 가곡과 동요를 작곡한, 서정적인 감수성이 느껴지는 수많은 곡으로 우리에게 친숙한 음악계의 거성이다.

고향의 노래 작시는 김재호 시인이다. 이수인과 김재호는 경남 마산고 동창 사이로 대학 졸업 후 마산제일여중고에서 교사로 함께 근무했다고 한다. 하지만 1968년 이수인이 KBS어린이합창단의 상임지휘자로 발탁되면서 헤어져야 했다고 한다. 1969년, 서울 신촌의 비좁은 셋방에서 어렵게 살아가는 이수인에게 한 통의 편지가 남녘의 제비처럼 훌쩍 날아들었다. 국어교사인 김재호가 시 한 편을 보내며 곡을 붙여달라고 부탁한 것이다. 당시 고향 마산을 떠나 있던 이수인은 깊은 향수에 젖어 있었던 차라, 김재호가 보낸 가사가 마음에 들어 하룻밤 사이에 작곡을 하였다고 한다. 우정과 향수가 낳은 명작이었던 것이다.

이수인 작곡, 이병기 작시의 "별"이라는 곡도 내 마음을 평온하게 해준다. "잠자코 홀로서서 별을 헤어 보노라"

바람이 서늘도 하여 뜰 앞에 나섰더니
서산머리에 하늘은 구름을 벗어나고
산뜻한 초사흘달이 별 함께 나오더라
… … …
저 별은 뉘 별이며 내 별 또 어느 게요
잠자코 홀로 서서 별을 헤어 보노라
… … …

나는 Antonio Lucio Vivaldi의 '사계'를 즐겨 듣는다. 비발디는 성직자이며, 바이올린 연주가이며, 작곡가이다. 비발디의 수많은 작곡 중에서도 난 "사계"만을 알고 있다.

비발디의 사계 중에서 가을(Autumn) in F major

1악장은 활발하고 빠르게 Allegro이다. 나의 감정에 따라서 매번 다르게 느껴진다. 어떤 때에는 힘차게 느껴지기도 하다가도, 가끔 기력이 떨어지는 날에는 소란하게 들리기도 한다. 같은 곡임에도 불구하고 말이다. 1악장은 투박한 농부의 춤을 연상케 하는 춤과 노래로 합주로 시작되며, 여러 가지로 형태를 바꾸면서 전개되며, 술에 취한 술주정뱅이가 나타났다가는 이내 잠들어 버리는 곡으로 1 악장은 진행되다가, 바이올린 솔로 곡으로 다시 힘찬 춤은 계속된다. 비발디는 바이올린 연주가이기에 작곡을 하면서도 바이올린 솔로 곡을 자주 사용하지 않았는지 생각된다. 바이올린 연주곡은 때로는 슬프기도 하지만, 1악장에서의 솔로곡은 활발함을 느끼게 한다. 2악장은 조용하고 느리게 Adagio이다. 3/4박자는 주정뱅이나 잠자는 사람을 묘사하며, 합주는 둔탁하고 느린 움직임이 작은 화음으로 연주되며, 3악장은 다시 Allegro이며, 뿔피리를 연상하는 음정으로 시작된다.

2017. 10. 3

만추

서늘한 가을 들녘의 바람은
뜨거웠던 중천의 여름 태양을 밀어내고
깊어가는 마알간 가을 하늘을 드러낸다

노오란 은행잎 대지로 떨어지며
가을은 성큼성큼 겨울로 가고 있다
낮은 서둘러 집으로 들어가고
밤은 기지개 펴며 노니는 것이 길어질수록

나뭇잎 서둘러 오색찬란한 옷으로 갈아입고
뚝뚝 땅으로 내려온다

성북천 억새는 새치처럼 하얗게 채색을 하며
이름 모를 새들은 드높이 창공을 날며
밤새 읽은 책은
침대의 머리맡에서 엎어져 아침잠을 청한다

깊어가는 가을
새로운 아침을 알리는 새들의 모닝콜에
난
설친 잠에서 일어나
깊어가는 가을 아침을 맞는다

이런 가을 아침에
난
사무실에 나와서
드립커피에 물을 부으며
피어오르는 커피 향에 취한다
아침에 가늘게 내리던 빗줄기가
이제는 굵어졌다

이제 가을 떠나보내야 하는

아쉬운 시간이 되었나 보다

2017. 11. 3

범사에 감사

오늘은 월요일 11월 20일이다. 밖의 기온은 불과 영하 3도 밖에
되지 않는데, 나는 어제부터 내복을 입었다. 그리고 승용차를 이용
하여 출근했다. 참으로 내 자신이 간사하다고 느낀다.

지금 추위에 힘들어 하는 사람들이 많은데 …

그럼에도 불구하고 나는 승용차 시트의 열선 스위치를 조작하면
서 최고 온도로 올렸다. 너무나 이기적인 행동이다.

어제는 교회에서 추수감사 주일로 지켰으나, 교회에서 별 다른 행
사는 없었다.

창원에서 새롭게 목회를 시작하는 강 목사님 교회를 가고자 했으
나, 내년도 교회 예산 수립을 위한 회의 때문에 …

포항의 지진으로 인하여, 더욱 감사한 마음이 생겼다면, 너무 사
치스러운 생각인가?

아무튼 별 느낌 없이, 2017년 추수감사절 주일이 지나갔다.

교회에서 흔히 이런 이야기를 많이 한다.

"나의 나 된 것은 나의 자랑으로 된 것이 아니요, 오직 하나님의 은혜이다." 라고 …

구약성경 전도서 11장 1절에서 8절까지의 말씀이다. 이 말씀의 제목은 "지혜로운 삶"이다.

너는 네 떡을 물 위에 던져라 여러 날 후에 도로 찾으리라

일곱에게나 여덟에게 나눠 줄지어다 무슨 재앙이 땅에 임할는지 네가 알지 못함이니라

구름에 비가 가득하면 땅에 쏟아지며 나무가 남으로나 북으로나 쓰러지면 그 쓰러진 곳에 그냥 있으리라

풍세를 살펴보는 자는 파종하지 못할 것이요 구름만 바라보는 자는 거두지 못하리라

바람의 길이 어떠함과 아이 밴 자의 태에서 뼈가 어떻게 자라는지를 네가 알지 못함 같이 만사를 성취하시는 하나님의 일을 네가 알지 못하느니라

너는 아침에 씨를 뿌리고 저녁에도 손을 놓지 말라 이것이 잘 될는지, 저것이 잘 될는지, 혹 둘이 다 잘 될는지 알지 못함이니라

빛은 실로 아름다운 것이라 눈으로 해를 보는 것이 즐거운 일이로다.

사람이 여러 해를 살면 항상 즐거워 할지로다 그러나 캄캄한 날들이 많으리니 그 날들을 생각할지로다 다가올 일은 다 헛되도다

만물을 주관하시는 하나님 손에 우리의 삶이 달려 있음에도 불구하고, 우리는 알지도 못하는 세상의 일에 대하여 아는 척 하면서 살고 있다. 만사를 성취하시는 하나님의 일을 우리는 모른다.

스마트폰을 이용하여 다양한 정보를 접하고 있지만, 어떻게 전파를 타고 나의 손에 놓여 있는 핸드폰으로 전달되는지 정확하게 모른다. 이런 인간들이 만든 것조차도 잘 모르는데, 어찌 하나님께서 주관하시는 세상일을 알 수 있겠는가?

인간이 얼마나 나약한 존재인가를 이번 포항 지진 사태를 보면서 다시 느낀다. 인간이 아무리 발버둥을 쳐도, 하나님의 통치 아래에서는 너무나 나약한 존재이다.

매일 매일의 삶 속에서,

하나님께 전적으로 맡기는 삶을 살면서,

범사에 감사하는 마음을 지녀야겠다.

2017. 11. 20

2018년 가을 단상

오늘은 10월의 마지막 날 10월 31일이다.

캠퍼스는 어느새 푸른색이 사라지고, 붉은색으로 채색되었다. 낙엽이 많이 떨어졌다.

어제는 학교생활관에서 1학년8반 교육이 시작되었고, 나는 교육 첫날 1시간 "存在의 意味"에 대한 강의를 했다.

벌써 6년째 해오고 있는데, 학교의 생활관 교육은 이미 1971년부터 이어져 오는 특색있는 전인교육 프로그램이다.

우리 학생들이 이해하기 어려운 내용임에도 불구하고, 나는 늘 열변을 토(吐)한다. 먼저 이렇게 강의를 시작한다.

"우리나라 한글 단어 가운데, 아주 삶에 중요한 것들은 한 글자이다. 예를 들어 보자."

내가 먼저 "나"를 제시했다. 학생들 반응 즉각 "너"를 이야기한다. 그러면, 학생들은 여기저기에서 단어들을 열거하기 시작 한다. 아이들은 내가 기대하지 못했던 단어들을 들이댄다.

"욕, 침, 뺨, 차(車)…" 등등

차, 욕(辱), 병(病), 혼(魂) 등등 漢字語인 한 글자는 제외하자고 하며, "아니 우리의 삶에 중요한 것들을 열거해보자."라고 하면, 그때서야 어느 정도 답으로 예상했던 단어들이 튀어 나온다. "나, 너, 벗,

돈, 잠, 밥, 옷, 얼, 꿈, 일, 땀, 셈, 삶, 힘…" 등등

 강의 핵심은 나를 사랑하는 것은 남에게 베푸는 것이며, 나의 존재가치를 생각하며 꿈을 가져보자는 것이다.
 내가 생각해도 어려운 것이지만, 이것을 우리 학생들에게 이해시키도록 여러 가지 예를 들면서, 강의를 이어가고 있다.
 "만약 사랑하는 사람이 있다면, 아낌없이 주고 싶다. 그 나눔을 통해서, 내가 행복해진다."
 슈바이처가 아프리카에서의 봉사활동을 예를 들어서 설명한다.
 "수많은 의사들 가운데 지금 이 순간 우리들은 슈바이처를 생각하게 된다. 인류는 슈바이처를 영원히 잊지 않을 것이다. 우리의 삶도 이와 같이 남에게 베풀고 해야 되는 것 아닌가?"

 "나의 존재를 알아야 한다."라고 이야기를 던지면, 고등학생인데 아직도 엉뚱한 답을 한다. 여기서 "나"라는 말을 꺼낸 사람인 나로 이해하기도 해서, 답답하기도 하지만, "그래 너(학생)의 존재를, 우리 각자의 존재의 의미를 생각해 보자."라고 설명하면, 아이들은 잠시 숙연해진다.

 "나, 너, 우리, 가족, 친구, 이웃, 학교, 사회, 지역, 서울, 대한민국, 민족, 국가, 세계, 지구, 우주, 천체" 우리는 여기까지만 인지하고 있

다. Macroscopic 관점에서 인간의 이해는 여기까지이고, 지구 은하계를 포함한 천체의 밖은 아무도 모른다. 인간은 분명 유한한 존재이다.

"나"라는 존재, "인간"은 영, 혼, 체로 구성되어 있다. 우리는 가시적으로 보이는 육체에 대해서는 잘 알고 있다. 물론 내 엉덩이와 등짝은 보기 어렵지만, 내 육체는 가시적으로 늘 보고 있다. 이런 생각 저런 생각을 하기 때문에, 나의 "혼"에 대해서도 인지를 하곤 한다.

그런데, "영"에 대해서는 생각하고 있지 못하다. 분명 나의 존재 자체에 포함된 영역임에도 불구하고, 잘 모른다. 눈에 보이지 않는 전자파 등은 있다고 믿으면서, 영적인 세계에 대해서는 믿으려고 생각조차 하지 않는다. 분명 영적인 세계는 존재한다. 유한한 인간의 이해로 손에 쉽게 잡히고, 두뇌로 쉽게 이해되는 되는 차원이라면, 이는 전지전능한 존재가 아니다.

그러면, 육체에 대해서 생각해보자.

인간의 육체 조직은 상피조직, 결합조직, 근육조직, 신경조직으로 구분될 수 있으며, 조직이 조합되어 몇 개의 기관을 형성하고 이러한 기관이 모여 기관계를 구성하게 된다.

육체는 조직, 기관, 기관계, 세포와 세포외물질 등으로 세분해져 가는 Microscopic 관점에서 "나(인간)"를 살펴 볼 수 있다.

세포는 지름 1 μm 크기에서부터 난세포의 핵과 같이 지름 60 μm 의 것까지의 규모인 원형질로 된 작은 상자 모양인 핵(核)이라는 구형의 소체를 가지고 있다.

핵의 모양은 대체로 구형이 많으나, 때로는 거대한 끈 모양을 하는 부정형인 것도 있다. 핵 속에는 DNA로 되어 있는 유전자가 있다. 또한, 핵 속에는 하나 이상의 인(仁)이라고 하는 소체가 있는데 RNA를 많이 함유하고 있다.

세포질 속에는 색소체, 미토콘드리아(mitochondria), 골지체 등이 있다.

색소체는 크기가 4~6 μm 정도로 식물세포에만 있다.

미토콘드리아(mitochondria)는 지름 0.5~1 μm, 길이 7 μm로, DNA(Deoxyribo Nucleic Acid)와 RNA(Ribo Nucleic Acid)를 가지고 있으며, 효소(酵素, Enzyme) 활동의 중심이 된다.

동물의 세포에는 중심체(中心體)라는 소체가 있다.

전자현미경으로 관찰해 보면 세포의 세포질 속에는 주머니를 눌러 겹친 모양의 막상 구조로 된 소포체(小胞體, endo plasmic reticulum)가 있다. 그 두께는 1장의 막이 8~10 nm이다. 이 막의 표면에 리보솜(ribosome)이라는 입자가 무수히 붙어 있어서 단백질 합성에 관여한다.

현재는 우주상에 존재 확인된 화학원소는 가장 풍부하게 존재하는 수소를 비롯하여 탄소, 산소 등 118개 정도 된다. 그러나 고대 그리스 시대에서는 모든 물질이 물, 불, 공기, 흙이라는 기본 원소들로 이루어졌다는 사원소설(四元素說)을 주장했었다.

고대 그리스의 철학자 Thales(BC 624~546경)때부터 자연 현상들을 이해하기 위하여 물질의 구성 입자에 대한 논의가 계속 진행되어 왔으며 Empedokles(490~430 B.C.)가 처음으로 사원소설을 주장하였다. 이후 사원소설을 바탕으로 물질을 구성하는 기본 입자는 무엇인가에 대한 논의가 계속 되어, 현재는 물질의 기본 구성 입자 quark를 발견하였다.

Platon(B.C. 427~347)은 Demiurgos가 물, 불, 공기, 흙의 4원소를 만들고 모든 물질들을 이 4원소로써 만들었다고 말했다. Platon은 이들 4원소는 이상적인 기하학적 모양을 가지게 되는데, 불은 정사면체, 흙은 정육면체, 공기는 정팔면체, 그리고 물은 정이십면체로 되어 있다고 했다.

Aristoteles(B.C. 384~322) 역시, 그의 스승 Platon의 4원소설을 그대로 인정하고, 물질의 근원을 설명하기 위해 4원소 외에 물의 정도 습함과 건조함, 불의 정도 차가움과 뜨거움의 4가지의 성질을 제안하면서, 각각의 원소에는 그 중 서로 상극이 아닌 두 가지씩의 성질이 있다고 생각했다. 물은 차고 습하지만, 불은 건조하고 뜨겁다. 공기는 습하고 뜨거우며, 흙은 건조하고 차다. 이것은 4원소가 가지고 있는 4가지 성질 가운데 하나만 바꿔 주면 다른 원소로 바뀔 수 있다는 것을 간접적으로 표현하였고, 훗날 중세시대 연금술사의 이론적 근거가 되었다. 또한 Aristoteles는 4원소 사이에는 그 중량에 따라 정도의 차이가 있어서 상대적으로 중량이 무거운 원소는 아래로 향하고 중량이 가벼운 원소는 위로 향하게 된다고 생각하였고,

가장 가벼운 원소인 불은 가장 높은 곳을 차지할 것이고, 그 아래를 공기, 물, 흙이 차례로 자리 잡게 될 것이 분명하며, 이것이 바로 4원소가 원래 차지하고 있어야 할 자리라고 생각하였다.

그들은 한 물질이라도 온도와 압력에 따라서 원소, 물질의 형태가 기체, 액체, 고체가 되는 것을 알게 하는 기초를 만들었다. 가장 가볍다는 여긴 불 저쪽의 우주 세계에는 불보다도 더 가볍고 더욱 순수한 제 5원소가 존재하고, 제 5원소는 가장 완전한 원소이며 따라서 고대 그리스의 원소설은 지상에는 4원소설이지만, 우주 전체로 따진다면 5원소 변환이 가능할 것이라고도 주장했다. 5원소는 오늘날 기체상, 액체상, 고체상의 형태가 아닌 triple point, critical point(임계점)를 벗어난 오늘날의 plasma 이론을 미리 예측하였다.

지구상에서의 물질은 고체, 액체, 기체의 3가지 상태로 구분되어 왔지만 근래에는 물질의 제4의 상태로 plasma를 추가하였다.

원소라는 개념을 도입한 사람은 화학의 아버지라 불리는 Antoine-Laurent Lavoisier, 1743~1794)라고 우리는 알고 있다. 그러나 그 이전 고대 Thales가 제일 먼저 원소에 대한 개념을 도입했다. Aristoteles는 4원소설을 주장하여, 이 주장이 중세시대까지 내려져 오다가 년 라부아지에가 현대적인 원소의 개념을 정립하였다. 원자는 물질을 이루는 가장 기본적인 입자인데, 이 원자의 개념을 도입한 사람은 John Dalton(1766-1844)이다. 사람의 몸도 수소, 탄소, 산소, 질소, 인 등의 화학원소 원자물질로 구성되어 있다.

동물세포나 식물세포나 일부 미생물세포에는 미토콘드리아가 존재한다. 전자현미경으로 관찰해보면 세포들이 참으로 묘하다. 여러 학설들이 있으나, 나는 창조주 조물주가 생명체를 만들 때에 여러 가지 재료를 가지고 세포를 만들었다고 생각한다.

그 중의 하나가 생명활동의 중요한 ATP(Adenosine Tri-Phosphate, 4가지 염기 중 하나인 Adenine에 인산기 3개가 나란히 직렬로 연결되어 있는 구조)를 생산하는, 세포 호흡에 관여하는 mitochondria라는 것이다.

1897년 Carl Benda(1857~1932)가 공모양과 용수철 모양으로 생겼으며 거의 모든 세포질 속에 존재하는 mitochondria의 존재를 증명하였다.

과학사연표를 살펴보면 19세기 즉, 1800년대에 많은 과학자들의 업적을 볼 수 있는데, 이는 1670년 네덜란드의 Anthony van Leeuwenhoek(1632~1723)가 당시로서는 매우 놀라운 273배 정도의 고배율 관찰이 가능한 광학현미경을 발명해 현재 현미경의 모태를 마련하였는데, 그가 현미경을 만들고 나서부터 여러 과학자들에 의해서, 특히 생물분야의 연구가 활발해져서 1800년대에 과학이 눈부시게 발전하였다.

그 형태를 현미경으로 관찰한 결과, 그리스어(語)로 실을 의미하는 "Mitos"라는 단어와 알갱이 또는 입자를 의미하는 "Chondrin"을 합성하여 이름을 mitochondria라고 명명했다.

Carl Benda가 mitochondria의 존재를 증명하기 전에도 여러 과학자를 통해서 존재가 알려져 있었는데 1886년 독일의 생물학자인 Richard Altmann은 mitochondria를 bioblast라고 불렀으며 생명을 이루는 부분으로 그 중요성을 최초로 파악했었다.

Mitochondria를 전자현미경으로 관찰하면, 매우 복잡한 구조를 볼 수 있다. 외막과 내막의 이중 구조로 되어있고, 내막의 안쪽에는 유전정보를 전하는 DNA(Deoxyribonucleic acid)가 결합되어 있다.

결국 "나"라는 존재의 육체를 생화학적으로 세분화하면, 결국 화학물질로 되어 있는 것이다. 세상의 모든 것, 물질, 존재는 다 화학물질로 되어 있다. 휴대폰, 기차 등 인간이 만든 기구들 모두, 그리고 자연 속에서의 형태들 돌, 물, 흙, 철, 공기와 우리 몸의 혈액, 뼈, 뇌 등 모든 것들은 모두 화학원소로 구성되어 있다. 여기까지가 우리 인간들이 알고 있는 범위이며, 그래서 역시 인간은 유한한 존재인 것을 부인할 수 없게 되는 것이다.

인간은 세상을 지배하고, 모든 것을 다 소유하고 있는 듯하면서도, 너무나 연약한 존재라는 것을 느끼며 살아가고 있다. 인간의 육체만을 생각한다면, 초라해 보인다. 그러나 생명체로서 영과 혼을 지닌 인간은 역시 창조주 하나님께서 만드신 만물의 靈長이라고 할 수 있게 되는 것이다. 그래서 우리 인간은 영과 혼의 문제를 생각하지 아니할 수 없다.

과연 우리는 무엇을 위해서 살아가는가?

"돈 많이 벌기 위해서"라고 답한다. 그러면 나는 "그래 돈 중요하지."라며 맞장구를 쳐 준다. 그리고 다시 질문을 한다. "그런데 그 많이 번 돈 어디에 쓸려고?", 학생들은 대답한다. "여행 다니고, 사고 싶은 물건 사고, 행복해지려고요."

솔직한 학생들은 인간 속내를 드러낸다. 결국 Mammon에 빠지게 된다. 세태를 탓할 수도 없다. 과연 행복은 눈에 보이는 물질로, 권력으로 충족될 수 있는가?

학생들에게 질문한다. "우리는 왜 사는가?", "먹기 위해서 살아가는가? 아니면, 살기 위해서 살아가는가?"라고 질문하면, 질문을 잘못 이해가고 있는지, 유감스럽게도 "먹기 위해서 산다."라고 답하는 학생들이 이외로 많다. "그래, 솔직하게 답해서 좋다. 하나님이 인간에게 주신 복 가운데, 식욕(食慾)도 큰 복이다."라고 학생들의 답에 일단 동조를 해준다.

나의 행복을 위해서, 돈 많이 벌어서 나의 행복 추구를 위해서 사용한다고 진정 행복해 질 수 있나?

톨스토이는 "인간이 이 세상에 존재하는 것은 행복해지기 위해서이다."라고 했다. 톨스토이의 단편 "일리야스"라는 것이 있다. 주인공 일리야스는 그의 아버지로부터 큰 재산을 물려받지 못했고, 그가 장가를 들고 나서 딱 일 년째 되던 해에 세상을 떠났다. 일리야스는 그의 아내와 함께 성실하게 일했다. 서른다섯 해 동안 열심히 일해서 마침내 큰 재산을 만들었다. 아들 둘, 딸 하나 세 명의 자식을 잘 키우고, 재산도 많이 물려주고 결혼도 시켰다.

그런데, 그 이후 한 아들은 싸움을 하다가 죽고, 어느 아들은 아버지 말을 잘 듣지 않게 되고, 재산을 축내게 된다. 마침내 주인공 일리야스도 빈털터리가 된다. 자식들도 다 죽고, 70세가 된 주인공은 아내와 함께 어느 집의 하인으로 들어가게 된다. 어느 날 그 집의 주인 친척들이 손님으로 찾아와서 잔치를 하게 되었고, 찾아온 손님들에게 하인인 일리야스가 과거에는 그 고을에서 첫째가는 부자였는데, 지금은 빈털터리가 되어서, 자신의 집의 하인으로 있는데, 신세를 한탄하고 있을 것으로 생각되는데, 늙은이 일리야스는 어떻게 생각하는지를 묻게 된다.

그런데 일리야스는 "내가 행복이 어떻고 불행이 어떻다고 당신에게 말할 것 같으면 당신은 믿지 않을 겁니다. 차라리 우리 할망구한테 물어 보는 것이 나을 겁니다. 그녀는 늙은 여자라서 마음에 담고 있는 말을 죄다 털어 놓을 겁니다…."

할머니가 되어 버린 일리야스의 아내는 "영감과 50년 이상 살면서 행복하지 못했다. 살림이 넉넉했었을 때, 우리 내외에게는 한시도 편한 날이 없었다. 서로 이야기를 나눌 틈도 영혼에 대해서 생각할 겨를도 신에게 기도할 여유도 없었다."

주인공과 그의 아내는 늘 걱정거리 속에서 살았다. 재물이 많아서 손님접대를 어떻게 하나, 머슴들은 어떻게 감시 관리해야 하나, 수많은 재산 양, 소, 말 등이 늑대의 습격을 받지 않을까, 도둑들이 훔쳐가지 않나 하고 걱정거리가 그치지 많고 잠도 제대로 못 잤다. 그러나 하인으로 살면서 처음에는 재산을 잃은 것을 슬퍼하고 울기도 했지만, 지금은 부부가 많은 대화도 나누며, 주인을 어떻게 잘 섬길까 생각하며, 행복하게 살고 있다는 내용이다.

짧은 내용이었지만, 공직에서 은퇴해서는 돈을 많이 벌어보기 위해서 사업을 해야겠다는 나의 미래설계가 잘못된 것이라는 것을 깨닫게 해주는 좋은 계기가 되었다.

톨스토이의 생각처럼, 인간이 이 세상에 존재하는 것은 행복해지기 위해서이지만, 이 행복은 나의 소유에 있는 것이 아니라, 나눔에 있으며, 움켜쥠에 있는 것이 아니라, 내려놓을 때에 다가오게 되는 것을 알아야 한다. 창조주 조물주는 인간 누구나 스스로 행복한 존재가 될 수 있는 길을 열어 놓아 주셨는데, 인간들은 이 진리 사실을 깨닫지 못한 채 살아가고 있다.

기독교 어느 선교사의 책 "내려놓음", 불교 어느 승가(Samgha)의 수필 "무소유"에서도 깨달음을 주는 것이 "나눔"이다.

나 혼자 잘 먹고 잘 살고자 하게 되면, 다툼이 일어난다. 인간관계에서 뒤틀림이 일어난다. 개인과 개인 간에, 심지어 부모와 자식 간에, 형제간에 재산 다툼이 일어난다. 지역과 지역 간의 님비(NIMBY,

Not In My Back Yard)현상이 일어나며, 국가와 국가 간에는 다툼이 전쟁으로 변한다. 성경에서는 재물을 악(惡)의 근원이라고 했다. 결국 내가 혼자 잘 먹고 잘 살 수는 없다. 남을 위해 줄 때에 나에게도 행복이 오는 것이다. 그렇다고 재물이 없는 것이 행복한 것은 아니다. 재물을 남에게 나눠 줄 수 있을 정도라면 좋은 것이다.

> For the love of money is a root of all kinds of evil. Some people, eager for money, have wandered from the faith and pierced themselves with many griefs.
>
> 1 TIMOTHY 6:10 (디모데전서 6장 10절)

인간은 서로 더불어서, 함께 살아가는 것이다. 공동체 속에서의 인간들이다. 공동선을 추구해 나가는 것이 삶의 목표이고, 보람일 것이다. 그러기에 삶을 살아가는데 있어서, 목표는 있어야 한다. 비전, 꿈이 있어야 한다. 앞서 이야기한대로 나 혼자 잘 먹고 잘 살기 위한 목표가 아니라, 구성원 전체, 사회 공동체 전체에게 행복을 가져다 줄 수 있는 일을 해야 하는 것이다. 인간의 육체만을 위한 보살핌은 영과 혼의 가난함을 가져오게 된다. 영과 혼이 가난해져는 행복해 질 수 없다. 행복이라는 것은 형이상학적이고 추상적인 것이기에 눈에 보이지 않는다. 결국 영과 혼이 행복해져야 제대로 된 행복일 것이다. 영과 혼을 보살펴야 한다. 영과 혼이 살져야 제대로 된 행복을 지니게 될 것이다.

사람은 저마다 받은 능력이 다르고, 관심 분야가 다르고, 특기가 다르며, 각기 다른 목표가 있을 것이다. 조화, 하모니가 필요하다. 사회는 하나의 큰 오케스트라와 같을 것이다. 서로 맡은 분야가 다르고 역할의 강도가 다를 것이다. 그러기에 서로 존중하고, 협력해서 공동선을 이루어 가야 한다.

열매를 맺는 나무는 스스로를 위해서 살지 않으며, 그 열매를 먹는 사람들에게 새로운 힘과 생명력을 주기 위해서 존재한다고 한다. 열매로 농부의 마음을 기쁘게 하는 것이, 나무의 목적이고 영광인 것이다.

삶, 태어나서(birth)부터, 죽기(death)까지 일생에서 우리는 늘 선택(choice)의 기로에서 살아가고 있으며, 부르심(calling)에 응답하는 자세가 중요하다. 내가 선택하는 것이 아니라, 절대자가 선택하는 것이다. 그 선택에 성실하게 응답하는 것이 calling 이다. 절대자의 선택에, 부르심에 응답하게 될 때에, 하나님을 만나게 될 때에 영과 혼이 행복해 질 것이다.

2018. 10. 31

2019 추석 전날

추석연휴를 맞이하여, 아직 결혼을 하지 않은 둘째 딸과 아내는 어제 코타키나발루로 여행을 3박 5일의 일정으로 출발했다.

편하게 잠을 자야하는데, 밤새 잠을 충분히 못자고 새벽 3시40분에 잠에서 깼다. 시계를 보니 아직 한밤중이다. 억지로 조금 잠을 청하다가, 새벽 5시가 넘어서 잠에서 깨어 뒤척이다가, 아침 일곱시가 되어서, 세수를 하고 아침준비를 했다.

오늘따라 계란후라이가 동그랗게 잘 되었다. 계란 후라이를 어머니꺼 하나 내꺼 하나 두 개를 만들고, 전자레인지에 죽을 데우고, 고추소고기장조림, 김치참치조림, 우엉조림, 김치, 김 등 아내가 준비해 놓은 몇 가지 반찬으로 아침을 해결하고, 설거지를 마치고, 어머니 점심을 차려놓고, 사무실에 나가서 조용히 생각을 정리하고파서 집을 나섰다.

성북천을 걸었다. 오늘 아침은 연휴 첫날이라서, 사람들이 모두 고향을 간 탓인지. 성북천변은 조용하다. 운동복장을 하고 조깅을 하는 몇몇 젊은이와 자전거를 타는 청년들이 눈에 띤다.

성북천 산책로 길을 걸으며, 오늘도 자그마한 꽃들에 관심을 가지며, 휴대폰 카메라로 사진을 찍었다. 풀잎 사이 뒤 속에서 보일락 말락 한 자그마한 이름도 모르는 꽃들, 보라색으로 입술을 칠한 여인이 연상될 정도로 우아하고 요염한 자태를 보이는 나팔꽃, 아직까지도 피어있는 아주 자그마한 달개비 꽃, 다양한 색상의 백일홍 꽃들, 커다란 해바라기 꽃에 다가가서 사진을 계속 찍다가, 그만두었다. 그냥 생각하며 성북천변을 걷고 싶었다.

그런데 흰색과 진홍색이 각각 피어있는 그곳에 두색을 한 꽃에서 같이 표현하고 있는 꽃에 심취했다. 국민학교 자연시간과 중고등학교 생물시간에 배우고, 대학에서 배우고, 내가 대학에서 학생들에게 가르쳤던 식물교배(crossbreeding of plants)인가? 벌과 나비 등 곤충들이 꽃에 앉아서 무슨 일을 했다는 말인가? 두 개의 색상이 하나의 꽃에 같이 보이고 있어서 신비롭고 아름답다. 검색을 해보니 그꽃은 체리세이지와 혼돈(混沌)이 되는, 학명으로 Salvia Microphylla 'Hot Lips'라고 하는 핫립세이지(Hot Lips Sage)라는 꽃이다.

성북천 산책로 개울 건너편은 자전거 전용 길이다. 나는 자연을 좋아하기 때문에 사람 인물을 대상으로 본인 허락 없이 사진을 찍을 수도 없지만, 인물을 찍고 싶지 않다. 그런데, 자전거를 타고 가는 젊은 라이더(Rider)를 성북천 개울물을 촬영하면서 살짝 카메라에 배경으로 담았다.

오늘은 성북천 산책로를 걸으며, 생각을 많이 못했다. 요즈음은 생각이 잘 안된다. 그냥 정국이 혼란스럽고, 교회가 교계가 혼란스러우니, 생각이 정리가 안된다. 교회 친구는 나에게 "기도가 부족해서 그래."라고 하지만, 나는 그냥 가슴이 답답하고, 생각이 잘 되지 못한다. 어느 친구는 카톡으로 "보름달처럼 넉넉하고 풍성한 한가위가 되시길 바랍니다."라고 추석 인사를 하면서, 아래의 내용과 같은, 제일병원 원장 이명우 박사가 보내준 글을 보내왔다.

걷기는 뇌를 자극한다.

걷기는 건망증을 극복한다.

걷기는 의욕을 북돋운다.

걸으면 밥맛이 좋아진다.

걷기는 비만 치료제이다.

걷기는 요통치료에 효과가 있다.

걸으면 고혈압이 치료된다.

걷기는 금연치료제이다.

걸은 사람도 뇌가 젊어진다.

스트레스가 쌓이면, 일단 걸어라.

자신감을 잃었다면, 일단 걸어라.

몸이 찌뿌등하면, 일단 걸어라.

마음이 울적하면, 일단 걸어라.

고민이 꼬리에 꼬리를 물면, 일단 걸어라.

분노가 일어나면, 일단 걸어라.

인간관계로 얽히는 날에는, 일단 걸어라.

할 일이 없는 날에는, 일단 걸어라.

오늘 아침 성북천변을 걸어왔더니, 겨드랑이와 가슴과 등판에서 땀이 흥건하다.

땀이 날 정도로 걸어야 하는데, 오늘 아침에는 별로 걷지 않았는데 땀이 많이 났다.

추석전날이지만, 출근을 하니, 수위가 본관 건물 출입문을 열어주어야 하니, 투덜댄다. "공휴일인데 왜 나오느냐?"

사무실에 들어와서, 에어컨을 가동했다. 흘린 땀을 식히며, 정수기에서 전기포트주전자에 물을 붓고, 물을 끓였다.

원산지가 Truong Son인 베트남 다람쥐똥 드립백 핸드드립 콘삭 커피(Consoc coffee) 향을 맡아가면서, 천천히 더운 물을 붓는다. 처음에는 원두가루 속으로 물이 급하게 빨려 들어가면서, 컵으로 커피물이 내려가더니, 조금씩 한참 더운 물을 내리다보니, 주머니의 물이 더 내려 가지 않는다. 그냥 멍하니 생각없이, 물을 조금씩 붓는 것에 집중하다가 보니, 어느새 커피잔이 가득찬 것을 몰랐다.

커피를 마시며, 아침신문을 보았다. 오늘도 정치, 사회면은 시끄럽다. 관심이 없다. 생각하기도 싫다. 사람들이 싫다. 그래서 나는 자연을 좋아하게 되었다. 사회가 나를 서정적인 글을 쓰게 만들었다.

추석에 관한 글들이 신문 이면저면을 차지했다.

"추석이 더 외로운 이웃들 … 마음을 나누고 품어보자"
"풍성한 추석에 더 헛헛 … 북녘 고향음식 유일한 위로죠"
"무료 개방 고궁으로 달구경 가세~"
"뮤지컬 공연 푸짐한 '한상' … 맛나게 드세요"
"짧은 연휴에 귀성길 더 정체 … 귀경은 13일 정오~낮3시 피해야"
"집에만 있으면 뱃살이 곱빼기" 등등

평일에는 신문을 제대로 읽지 못한다. 안 볼 수도 없어서, 큰 제목만 대충 본다. 요즈음 세상살이 돌아가는 일에 관심도 없다. 특히 정치, 경제, 사회면은 더더욱 그렇다.

나는 문학, 역사, 문화예술, 건강과학 이런 분야에 관심이 많다.

자연은 우리로 하여금, 자연을 본받으라고 한다.

인간은 매사에 불만이 있다. 그런데 자연은 그렇지 않다는 것이다. 그러기에 자연은 말은 하지 않지만, 늘 행복하다고 한다.

성북천의 물고기는 처음에 누군가가 인위적으로 개울에 가져다 놓은 것인데, 세월이 지나감에 따라서 스스로 만족하며, 지내고 있으며, 물살이 조금 센 흐르는 물을 비켜서, 개울 변 물 흐름이 작은 곳에서 물과 함께 즐거운 시간을 보낸다. 큰물고기, 작은 물고기가 있지만 싸우지는 않는다.

학이 생명의 위협을 주며, 그들의 먹잇감으로 물고기들을 위협하지만, 물고기들은 한여름 물이 더우면 더운 대로, 가을날 물이 차가워지면 차가운 대로, 겨울에 개울물이 얼어버리면, 물 속 깊이 움츠려 들고, 불평을 하지 않는다.

개울이 위에는 얼지만, 개울 밑으로는 봄소식이 들릴 때까지 긴긴 세월 어름을 이불삼아 물고기는 헤엄치며 놀고 있다.

물고기는 물속에서 세월을 보낸다. 그러나 인간은 지구상에서 살면서, 온갖 짜증과 질투와 전쟁과 도둑질을 하면서 세상을 더럽게 살고 있다. 착하게 살려고 발버둥치는 사람들은 깊은 좌절을 느낀다.

매번 태풍으로 산사태가 나고, 나뭇가지가 부러지고, 집이 파손되고, 사람이 다치고 하지만, 이번 2019년 태풍 "링링"으로 대한민국은 또 피해를 입었고, 사람들은 투덜대지만, 산에 있는 나무는 가지가 부러졌다고 투덜대지 않는다. 그냥 나무로서 존재하며, 산에서 새들과 재미나게 놀고 있다.

작은 나무는 큰 나무를 부러워하지 않는다. 태양 볕이 따갑다고, 비바람이 심하다고 불평하지 않는다. 산에서 다른 나무들과 태양과 함께 탄소동화작용을 하며, 인생을 즐긴다. 세월이 지나, 자신이 하찮은 땔감으로 될 것인지, 귀한 가구를 만드는 재료로 사용될 것인지, 호텔의 멋진 장식품으로 살아남을지 등을 염려하지 않는다.

우리 인간도 남과 비교하며, 상대적 빈곤감, 박탈감을 갖지 말고, 그냥 주어진 환경에서 최선을 다하며, 삶 자체를 즐겼으면 좋겠다.

"고향의 봄"을 작사한 유명한 아동문학가 이원수(1911~1981) 선생의 작사와 동요작곡가로 큰 족적을 남긴 정세문(1923~1999) 작곡의 "겨울나무"라는 동요 가사가 생각난다.

나무야 나무야 겨울 나무야
눈 쌓인 응달에 외로이 서서
아무도 찾지 않는 추운 겨울을
바람 따라 휘파람만 불고 있느냐

평생을 살아 봐도 늘 한 자리
넓은 세상 얘기도 바람께 듣고
꽃 피던 봄 여름 생각하면서
나무는 휘파람만 불고 있구나

겨울나무는 아무도 찾아오지 않아도, 휘파람을 불며 일생을 즐기는 것이다.

2019. 9. 12(추석전날) 12:40

제4부

작별

다 내려놓음은 가장 고귀한 지혜이다.

달

●●● 2017년 12월 15일 아침 7시

아침 일곱 시인데도 사방이 어둡다. 학교 정원의 나뭇잎 사이로 채플 강당 하늘 위에 가냘프면서도 매력적인 그믐달이 떠 있다. 통통한 달 전체가 보이는 것이 아니라 살짝 뒤태만 보이듯 이른 아침에 하늘에 걸린 달이 매력적이다. 양력으로 24절기 가운데 하나인 동짓날이 얼마 남지 아니해서 아침 해가 늦잠을 자기에 나는 달을 감상할 수가 있었다.

달
달은 우리가 살고 있는 지구에서 가장 가까운 천체이다.
그래서 우리 인간들은 달에 대한 친근감이 있다.

많은 시인이 달에 대해서 읊었다.

우리나라의 전래동요에 달에 대한 노래가 있다.

　달아 달아 밝은 달아 이태백이 놀던 달아
　저기 저기 저 달 속에 계수나무 박혔으니
　옥도끼로 찍어내어 금도끼로 다듬어서
　초가삼간 집을 짓고 양친부모 모셔다가
　천년만년 살고지고 천년만년 살고지고

위 노래는 작사자, 작곡자가 누구인지 알 길이 없는 구전동요(口傳童謠)라고 한다.

"달아 달아 밝은 달아"는 중국 당(唐)나라 시인 이태백(李太白 701~762)을 노래한 것이다.

이태백이도 그랬고….

현대에 와서도 달에 대한 정서가 많아서, 달을 주제로 한 시도 많다.

반달

김소월 시

희멀끔하여 떠돈다, 하늘 위에,

빛 죽은 반(半)달이 언제 올랐나!

바람은 나온다, 저녁은 춥구나,
흰 물가엔 뚜렷이 해가 드누나.

어두컴컴한 풀 없는 들은
찬 안개 위로 떠 흐른다.
아, 겨울은 깊었다, 내 몸에는,
가슴이 무너져 내려앉는 이 설움아!

가는 님은 가슴에 사랑까지 없애고 가고
젊음은 늙음으로 바뀌어 든다.
들가시나무의 밤드는 검은 가지
잎새들만 저녁빛에 희그무레히 꽃 지듯 한다.

자화상(自畵像)

윤동주 시

산모퉁이를 돌아 논가 외딴 우물을 홀로
찾아가선 가만히 들여다봅니다.
우물 속에는 달이 밝고 구름이 흐르고 하늘이
펼치고 파아란 바람이 불고 가을이 있습니다.
그리고 한 사나이가 있습니다.

어쩐지 그 사나이가 미워져 돌아갑니다.

돌아가다 생각하니 그 사나이가 가엾어집니다.

도로 가 들여다보니 사나이는 그대로 있습니다.

다시 그 사나이가 미워져 돌아갑니다.

돌아가다 생각하니 그 사나이가 그리워집니다.

우물 속에는 달이 밝고 구름이 흐르고 하늘이

펼치고 파아란 바람이 불고 가을이 있고

추억처럼 사나이가 있습니다.

달

박목월 시

배꽃 가지

반쯤 가리고

달이 가네.

경주군 내동면(慶州郡 內東面)

혹(或)은 외동면(外東面)

불국사(佛國寺) 터를 잡은

그 언저리로

배꽃 가지
반쯤 가리고
달이 가네.

박목월 시에는 정감이 간다.
박목월의 막내아들 신규는, 초등학교 시절 국어교과서에 이름이
시에 나왔다.
신규와 나는 중학교와 고등학교 동창이다.
요즈음 신규의 근황이 궁금해진다.
박목월 시 가운데에서도 내가 익히 아는 시는 〈나그네〉라는 시로,
박두진, 조지훈과 함께 낸 시집 《청록집》에 실렸다. 〈구름에 달 가
듯이〉라는 시로 나는 기억하고 있었다.

나그네

박목월 시

강(江)나루 건너서
밀밭 길을
구름에 달 가듯이
가는 나그네

길은 외줄기

남도(南道) 삼백 리(三百里)

술 익는 마을마다
타는 저녁 놀

구름에 달 가듯이
가는 나그네

달

　향수적으로 서정적으로 달을 생각하게 되지만, 달은 우리의 삶과
밀접하다. 달은 지구로부터 대략 384,400km 떨어져 있다. 그렇게
먼 곳도 아닌 것 같은데…

　나는 아폴로 우주선이 달에 도착한 것을 기억한다. 1969년 7월이
다. 인류가 시로만 읊었던 달 표면에 착륙하는 것이 성공한 것이다.
달의 표면에는 물론 계수나무도 토끼도 없었다. 달에는 공기도 물
론 없다고 한다. 그래서 기류, 기상 현상이 나타나지 않는다. 달은
태양의 영향으로 낮과 밤이 15일씩 계속되며 낮에는 약 130도까지
오르고 밤에는 약 영하 170도까지 내려간다고 한다.

　달의 반지름은 지구의 약 4분의 1 정도이지만, 달의 질량은 지구

의 약 81분의 1에 해당하며, 7.342×10²² kg 정도라고 한다.

달의 반지름은 태양의 약 400분의 1인 정도라고 한다.

나는 초등학교시절부터 자연과목, 자연과학에 흥미가 많았다. 당시에 시험문제로도 달에 관한 것이 많았다.

달이 삭망(朔望)의 현상을 보인다.

달은 달 자체가 빛을 발하지 않고, 빛은 오직 태양으로부터 받는데, 빛이 닿는 부분만 반사하여 마치 달이 빛을 발하는, 빛이 나는 것처럼 보인다.

지구도 마찬가지이다. 태양이 없으면, 사실상 지구도 멸망할 수밖에 없다.

그래서 태양이 제일 귀하다. 하지만, 달은 수동적이지만, 오히려 향수, 애수를 지니고 있다.

태양, 달, 지구

이 세 개의 천체의 상대 위치에 따라 달의 빛나는 부분의 형태가 달라져 보이는 것이다.

2009년 10월 9일 미국항공우주국(NASA)에서는 달 표면에 물이 얼음의 형태로 존재하는데, 그 양은 약 90리터 정도가 존재하는 것으로 알려져 있다고 한다.

달

영어 moon이다.

결혼을 허니문이라고 한다.

어린 시절 허니문이라는 소리만 들어도 가슴이, 경상도 사투리로 콩당콩당 뛰었다.

왜 허니문(honey moon)이라고 했나?

결혼생활이 마치 꿀같이 달콤한 달과 같아서 허니문이라고 사용된 것이다. 결혼 직후의 즐겁고 달콤한 시기를 비유적으로 지칭하는 말인데….

오늘은 음력으로 그믐에 가까울 것이라고 생각되었다. 저녁에 퇴근하여 집에 와서 음력 달력을 보았다. 오늘이 음력으로 10월 28일이다.

달 중에서도 초승달과 그믐달이 매력적인 것 같다.

오늘 아침에 본 그믐달이 매력적이지만, 더 매력적인 것은 초승달이다.

초승달은 아침에 떠서 한낮쯤이면 남쪽에 이르는데 이 무렵에는 햇빛 때문에 보이지 않는다. 그래서 그냥 초저녁 서쪽 하늘에 보이는 가냘픈 달을 초승달이라고 부른다.

초승달

산뜻한 초사흘 달

그러다가 나는 즐겨 부르던 이병기 시인이 작사하고 이수인 선생이 작곡한 〈별〉이라는 가곡의 가사가 떠올랐다.

바람이 서늘도 하여 뜰 앞에 나섰더니

서산 머리에 하늘은 구름을 벗어나고

산뜻한 초사흘 달이 별과 함께 나오더라

달은 넘어가고 별만 서로 반짝인다

저 별은 뉘 별이며 내 별 또한 어느 게오

잠자코 호올로 서서 별을 헤어보노라

2017년 한해가 저물어 가는 시점에

망중한(忙中閑)

나는 오늘 아침에 본 그믐달을 보면서 생각에 잠겼었다. 달은 내 마음을 정서적으로 안정되게 해주고 있다. 달의 존재가치는 나에게는 무척 귀하다.

2017. 12. 15. 저녁

Desperate triumphs over luck.

가치

●●● 사람이 삶을 살아가는 데 있어서, 자기 자신을 포함하여 세계 또는 그 속의 사상(事象)에 대하여 갖는 평가의 근본적 태도를 우리는 가치관이라고 한다.

가치관은 가치에 대한 관점이다. 가치관이 다른 사람들과는 맥을 같이 할 수가 없다. 그래서 가치관은 매우 중요하다.

우리는 이러한 가치관을 어떻게 형성해 왔는가? 가치관은 내적 판단에 의한 것이지만, 외적 영향으로 즉, 학습, 환경, 습관 등으로 가치관이 형성되고 있다. 그래서 같은 식구, 사회, 민족이면 가치관이 같아야 할 것 같지만, 모두가 제각각이다.

가치(價值)

대부분의 사람들은 가치를 중요하게 여긴다.

'가치'라는 단어를 사전에서 찾아보면 크게 4가지로 의미하고 있다.

'가치'는 첫 번째로 값, 값어치라는 뜻이 있으며, 두 번째로 사물이 지니고 있는 의의나 중요성, 세 번째로 대상이 주관의 요구를 충족시키는 성질, 또는 정신 행위의 목표로 간주되는 진선미 따위, 네 번째로 욕망을 충족시키는 재화의 중요 정도로 설명되고 있다.

나는 '가치'라는 단어를, 주로 두 번째 설명으로 의미를 부여한다.

기독교에서는 가치를 중요하게 여긴다. 기독교에서의 가치는 하나님의 부르심에 성실하게 응답하는 것으로 이해하고 있다.

흔히들, 알파벳 B와 D 사이에는 C가 있다고 한다. Birth와 Death 사이에서는, 즉 인생에서는 늘 Choice를 하면서 살아가므로, 순간 순간 선택이 중요하다는 것이다. 이것은 인간적인 관점에서의 선택이다. 그러나 하나님으로부터 선택을 받는다는 기독교적인 관점에서 볼 때에 그 C는 Calling이 되는 것이다. 하나님의 부르심에 응답하는 삶이 가치 있는 삶이 되는 것이다.

가치와 함께 생각하는 단어가 '기쁨'이다.

"기쁨"이라는 단어는 마음이 기쁠 때 느끼는 감정이다. 사전에서는 개인이나 단체에서의 욕구가 충족되었을 때의 즐거운 마음이나 느낌이라고 설명되고 있다.

인생에서 기쁨이 없다면, 삶의 욕구를 느끼지 못할 것이다. 사람이 인생을 살아가는 원동력이 되는 기쁨이다. 기쁨이 없다면, 새로운 욕망이 생기지 못할 것이다. 그래서 사람이 인생을 살아가면서 기쁨을 느끼면, 그 기쁨을 더 느끼기 위해서 끊임없이 욕망을 추구하게 되는 것이다.

　엊그제가 성탄절이었다.

　기독교인이나 그렇지 아니한 사람들이나 '성탄절' 하면, 시원한 하얀 콧수염을 단 산타크로스, 다양한 선물꾸러미, 눈썰매를 끄는 루돌프 사슴 등을 연상하며, 계절적인 축제의 즐거운 날로 기억하고 있다. 그런데, 여기에 가장 중요한 예수 그리스도의 성육신 탄생은 빠져 있다.

　그러면서도 대부분의 사람들은 영어로 "메리크리스마스"라고 이웃들과 인사를 나눈다.

　"메리 크리스마스"

　여기서 메리(merry)의 뜻을 새겨보고자 한다.

　영한사전에서 merry는 '즐거운, 명랑한, 기쁜' 등의 뜻을 지니고 있다. 당연히 성탄절은 즐거운 날이다. 그런데 각각 '메리'의 그 의미를 다르게 두고 있다.

　독일 음악가 Richard Wagner(1813~1883)는 "기쁨의 크기는 가진 것과 비례하지 않는다."라고 하였다.

　"기쁨은 사물 안에 있지 않고, 그것은 우리 안에 있다."

　기쁨은 인생을 사는 원동력이자 욕망이 생기는 원인이 된다. 바로 그 기쁨의 진정한 의미는 가치 있는 삶에서 시작된다고 본다.

기쁠 때 느끼는 감정이 기쁨이지만, 거기에 가치가 없다면, 그것은 진정한 기쁨이 될 수 없으며, 오히려 천박한 웃음과 쾌락으로 격하될 수 있다.

가치가 만들어내는 기쁨, 그 기쁨은 하나님께서 주는 선물일 것이다. 가치를 어떻게 인지해 내느냐에 따라서, 선물이 되는 것이다.

2017. 12. 27.

I will always be with you.

끝자락

••• D고등학교는 동대문구에 위치해 있다. 그런데 동대문구의 끝자락이다. 학교 정문 길 건너편은 성북구이며, 학교 담 건너편은 종로구이다. 그러니 이곳은 동대문구의 끝자락이라고 표현되는 것이 맞다고 본다.

나는 대전의 M대학교에 교수로 있었다. M대학교도 주소지는 서구이지만, 학교 정문으로 나가서 우측은 유성구이며, 좌측은 서구이다. 대전은 구 단위가 중심을 포함하여 길쭉하게 형성되어서 완전 끝자락은 아니지만 그래도 중앙이 아닌 변방은 맞는 것 같다.

어린 시절 살던 곳도 끝자락이나 마찬가지이다. 1960년대 당시에는 덕수궁 옆, 서대문구 정동이었는데, 지금은 중구 정동이다. 이 정동은 옛 덕수궁 궁터였던 곳이었다. 내가 옛 궁터 자리에서 살았던 것이다. 지금은 예원중학교 부지가 되었지만, 중명전 바로 옆이며,

과거 궁터였음은 맞다. 그러다가 1800년대 말 러시아와 미국에게 자리를 내준 것이다. 대한제국의 아픔이 서려 있고, 강대국에게 덕수궁터를 일부 내어놓은 것이다.

서대문구와 종로구와 접해 있는 정동. 지금은 중구 정동도 중구의 끝자락이다.

결혼을 해서 처음 분양을 받아서 10년 이상 살았던 노원구 중계동도 아파트 바로 뒤가 불암산이 위치되어 있는 서울의 끝자락이었다. 지금은 중계동 은행사거리로 학원가 밀집되어 있는 지역이지만, 1993년도에 입주할 당시만 해도 서울의 끝자락임을 느낄 수 있는 곳이었다. 퇴근길에 집에 다와 가게 되면 공기가 특별히 신선하게 느껴진 곳이었다. 그러나 지금은 별로…

그러고 보니, 나는 끝자락에서 주로 살았다.

인생에서도 끝자락을 붙잡고 살아가고 있다.

매일 매일 예수 그리스도의 옷자락 끝을 잡으려고 손을 길게 내밀고 허우적거리며 살아간다. 주님의 옷자락을 잡지 못하고 허우적거리는 모습은 인생의 끝자락에서 번민하는 모습과 다름이 없다.

어린 시절에는 "내가 우주의 중심이다."라는 생각을 하면서 지냈다.

우주가 무한대라고 생각한다. 현재 인간들이 과학이라는 방법으로 우주의 영역은 어느 정도라도 추정하고 있지만, 우주는 끝을 알수 없는 무한대라고 생각한다. 그러면 어쩌면 내가 우주의 중심이라는 생각도 틀린 것은 아닐 것이다. 왜냐하면 무한대 공간에서 나의 존재는 너무도 너무도 자그마하기 때문에, 내가 그냥 중심이라고 생각해도 무방하겠다는 것이다. 존재 자체로는 중심이라고 하더라도, 미치는 힘을 생각할 때에는 절대 중심은 될 수 없다. 지금도 우리는 "지구의 중심은 대한민국이다."라는 생각을 하곤 하지만, 현실은 그렇지 못하다.

대한민국은 중국과 러시아의 대륙의 끝자락에 위치하고 있다. 그 것도 우리의 위쪽은 북한이며, 우리는 대륙의 끝자락에서 간신히 지탱하는 꼴이다.

1999년경에 우리나라 해양수산부를 방문했다가, 지도 하나를 보았다. 남과 북의 위치가 바뀐 지도이다. 태평양이 위쪽에 위치해 있는 지도이다. 우리나라는 대륙의 끝에 간신히 달려 있는 처참한 상황의 대한민국이 아니라, 태평양을 향하여, 오대양 육대주를 행하여 달려 나아가는 최첨단 전지기지가 대한민국이라는 의미, 해양한국을 상징하는 의미에서 지도를 만든 것이다. 같은 상황이라도 뒤집어서 보면 전혀 다른 의미를 가질 수 있다.

끝자락은 변방이 아니며, 처절함이 아니다. 오히려 발전의 디딤돌이며, 출발점이 된다. 주님의 옷자락을 잡고, 주님의 사랑을 가지고 나아갈 때에, 끝자락은 희망이다.

인생에서 끝자락에 놓여 있다고 생각한다면, 뒤집어서 생각해 보면, 끝자락은 절대 희망이다. 나락으로 떨어질 것 같아도, 붙잡아 주시는 분은 우리의 하나님이다.

명성교회 김삼환 목사 작시, 임긍수 작곡의 〈주의 옷자락〉

주님의 손길이 간절한 여인처럼
주의 옷자락 잡고 섬기게 하옵소서
이 비천한 몸 아무것도 아닌 나를
주의 옷자락 잡고 섬기게 하옵소서

주님의 옷자락으로 피 흘리신 옷자락으로
우리의 모든 허물을 용서로 덮으시네
주님의 사랑은 영원하시도다

주님의 은혜가 간절한 우리 인생
주님의 옷자락 잡고 섬기게 하옵소서
이 불쌍한 몸 의지할 곳 없는 나를
주의 옷자락 잡고 섬기게 하옵소서

주의 사랑이 간절한 나의 가슴

주의 옷자락 잡고 섬기게 하소서

이 죄 많은 몸 용서받지 못할 나를

주의 옷자락 잡고 섬기게 하옵소서

　우리나라는 이웃 일본과는 갈등 속에 있으며, 일본은 한반도를 늘 위협하고 있다. 한반도를 둘러싼 네 개의 나라들. 미국, 일본, 러시아, 중국. 모두가 막강한 나라들이다.

　우리나라는 6·25 한국전쟁 이후, 눈부신 경제 성장과 민주화를 이루었다고 하며, 경제대국이 되었다고 스스로 이야기들 한다. 하지만, 나는 우리나라는 아직도 깊은 수렁에 빠져있는 연약한 국가라고 생각한다. 가계부채가 엄청나며, 젊은이들은 취업이 되지 못하고, 꿈과 야망을 잃고 살아가고 있으며, 정치적 이념의 문제로 사회는 철저하게 이분법으로 양분되어 있으며, 국가안보는 늘 불안한 상태이다.

　"주님의 옷자락 잡고 섬기게 하옵소서"라는 찬양 가사처럼, 그냥 주님이 사용하시기에 편하시도록 섬겨야 하는데, 매사에 불만을 지녔던 나 자신을 반성해 본다.

2015. 7. 27.

2021년 1월 한파

●●● 코로나바이러스로 전 세계가 힘들어하는데, 2021년 1월 한파가 대한민국 전국을 강타하고 있다. 서울은 35년 만에 최저 기온 영하 18.6℃를 기록하고, 광주는 50년만의 한파라고 한다.

스페인은 50년 만에 가장 많은 눈이 내려 최고의 적설량을 보였고, 스페인 수도 마드리드는 하루 동안에 50㎝의 눈이 내렸다고 한다. 베이징은 1969년 이후 52년 만의 최저 기온인 영하 19.6℃를 보이고, 체감온도가 영하 40℃에 육박했다고는 외신보도를 읽었다.

기상 전문가들은 지구온난화 현상으로 북극의 빙하는 녹으며, 해수 온도는 오히려 상승하면서 극지방의 찬 공기를 가두는 역할을 하는 제트기류인 극와류(polar vortex)를 이동시켜서 한파가 오는 것이라고 한다. 우리나라는 북극의 찬 공기가 남하하고, 정체성 고기압이 형성되어 한반도는 꽁꽁 얼었다. 이런 추위 가운데, 5살 여자아이를 내복 차림으로 길거리에 버린 부모가 있으니… 참으로 지금 살고 있는 이 세상은 정말 예의 바르고, 착하고, 고맙고 훌륭한 사람들도 많이 있지만, 지금 이 세상은 도덕, 기본윤리가 완전히 땅에 떨어졌다고 생각하게 된다.

엊그제는 일기예보와 달리, 서울은 퇴근길에 집중적으로 눈이 내려, 또다시 교통대란을 겪고, 나는 눈이 내리는 가운데 가파른 언덕길을 이리저리 미끄러지며, 집으로 걸어갈 수밖에 없었다. 갑자기 눈이 내리니, 아파트 입구 도로 바닥에 설치된 열선(熱線)도 제대로 작동 안 하고, 상시 비상체제가 구축이 안 된 것 같다. 구청 제설차는 퇴근 이후라서 가동도 안 되고, 아파트 관리사무소에서도 제설할 엄두도 못 내니, 마을버스 기사는 안전운전을 핑계로 운행을 거부하는 바람에 걸어서 집으로 올 수밖에 없었다. 승용차와 미니버스도 다 운전해서 가파른 언덕을 운전하는데, 마을버스기사만….

눈을 맞으며, 퇴근하는 길……

새하얗게 눈으로 덮힌 캠퍼스 운동장과 눈송이를 듬뿍 머금고 있는 나무를 바라다보면서 나는 또 다른 가르침을 배우고 있다.

모닝커피를 드립하면서
"천천히", "slowly"를 배운다.
캠퍼스가 백설로 덮여 있다.

해가 중천에 뜨면, 기온이 올라가면
하얗게 변한 자태가 사라질 것 같아서
흉한 자태가 다시 나타나기 전에
위선의 가면이 아닌
본래의 모습을 찾은 듯이
밖은 추운데
성급하게 밖으로 나가서
설경 몇 장면을 가슴에 새긴다.

마음에 새기면서
나는 배운다. 가르침을 다시 생각해 본다.

저 하얀 포장 뒤에 감춰진
추한 모습이 내 모습인 양
지나온 세월의 흔적인 양
빌라도의 거만한 손 씻음과 같이
작금 이 세상에 펼쳐지는 것들이
지금의 나랑은 아무 상관이 없는 듯

착하게 성실하게
위선과 게으름 없이

거짓 없이 진솔되게

주어진 여건에
묵묵히
최선을 다하는
부지런함과 근면함과 성실함을
몸에 깊숙이 익히도록

다짐한다.
내 맘에 다짐한다.
하얗게 쌓인 눈을
내 가슴에 퍼붓는다.
하얀 눈이 녹지 말라고
꼭꼭 다지면서
내 맘에 깊이깊이 담는다.

매일 아침 신문에서
매일 점심 인터넷 뉴스에서
매일 저녁 텔레비전 방송에서
수 없이 접하는
썩은 비린내 나는 악취를

흉측한 몰골들을
더 이상 냄새 맡지 않고자, 만나지 않고자

나 자신 먼저
미움과 싸움과
교만과 자랑과
자아도취를 완전히 멸하고
사랑과 화평과
겸손과 온유와
경천애인(敬天愛人)의 맘으로

하얗게 쌓인 눈을
내 가슴에 퍼붓는다
하얀 눈이 녹지 말라고
꼭꼭 다지면서
내 맘에 깊이깊이 담는다

너와 나
그리고
우리 모두에게
가슴 속 깊이 박힌 파편과 같이

아무리 애써도 지워지지 않는 얼룩과 앙금같이

이러저러 추한 모습들을 영원히 지우고 싶어서

2021. 1. 15.

A person who never
made a mistake
naver tried anything new.

죽음

••• 2019년 2월 26일 오후, '네이버 책'에서 "죽음"이라는 검색어를 넣고 책을 검색해 보니, 전체 82,125건이 있었다.

소설이 24,040 건으로 제일 많았고, 시/에세이 부문에서 10,659 건이 두 번째로 많았다. 그리고 종교 서적으로 죽음에 대해서 다룬 책이 8,800 건이 되었다. 그리고 인문학적인 책이 7,948 건이었다. 위의 네 개 분야에서 51,447 건으로 전체의 약 63 %를 차지하였다.

특히 문학을 하는 사람들이 죽음에 대해서 많은 글을 남기고 있음을 알게 되었다.

죽음이란 무엇인가?

철학자, 종교학자, 의사들은 각기 나름대로 '죽음'의 정의를 내릴 것이다.

대부분의 인간은 죽음에 대해 두려워한다. 나 역시 죽는다는 것이 기분 좋지는 않다. 그러나 이 죽음에 대한 명쾌한 정의를 내려놓고 인생을 살아가는 것이 지혜로운 삶일 것이다.

나는 아직 '죽음'에 대한 보험에 들지 않았다. 그리고 아직까지 나는 내 죽음에 대해서 생각해 볼 여유가 없었는데, 며칠 전, 친구의 장모가 세상을 떠나서, 문상을 갔다가, 새삼스럽게 '나의 죽음'을 생각해 보았다.

사람의 경우, 인간의 몸이 영, 혼, 체로 구성되어 있다고 한다면, 영혼이 기능을 잃은 육체로부터 분리되는 현상을 죽음이라 할 것이다.

나는 중고등학교 시절, 1960년 말과 1970년대 초에 철학책을 많이 읽었다.

특히 교회를 비판하는 종교사상가이며, 실존주의 철학을 주장한 유명한 철학자, 덴마크의 키에르케고르(Søren Aabye Kierkegaard, S. Kierkegaard, 1813. 5. 5.~1855. 11. 11.)의 책을 읽었던 것이 기억된다. 지금 읽어 보아도 상당히 어려운 내용이며, 머리를 아프게 하는 내용이지만, 당시에는 상당히 심취해서 읽었던 것 같다.

키에르케고르의 책 《죽음에 이르는 병》에서 키에르케고르는 "절망이 죽음에 이르는 병"이라고 정의를 내리면서, 절망의 극복을 이야기했다. 절망은 죄라고 인식하였다.

키에르케고르는 절망의 속성에 따라 절망을 세 가지 경우로 나누고 "절망인지도 모르는 절망의 상태"를 가장 심한 절망의 상태로 보았다. 아무런 신체적인 통증이 없이 커져 가는 병이 대부분 죽음으로 가는 마지막 단계에서 발견이 되는 것과 같이, 비상식적인 방편으로 절망을 스스로 회피하고, 궁극적으로는 절망을 인식하지 못하는 상태에 이르는 것을 '죽음에 이르는 병'으로 정의하였다.

서울대학교 사회과학대학 정치외교학부에서 정치사상사 등을 연구하고 강의하는 김영민 교수가 2018년 11월에 펴낸 첫 산문집의 제목이 《아침에는 죽음을 생각하는 것이 좋다》라는 철학 에세이가 있다.

이 책은 책 제목부터 고정관념을 타파하는 참신함을 주고 있는데, 내용도 참신하다. 삶과는 전혀 다른 삶의 마지막 이후인, 삶의 반대편에 있는 '죽음'을 통찰하고, 그 통찰 속에서 '삶'의 의미를 보여주고 있다.

죽음

신선한 아침부터 죽음을 생각하게 되면, 하루의 삶이 의미 있게 살아가야 하는데, 설령 이른 아침에 '죽음'을 생각했더라도, 일상에 빠져서, 김영민 교수가 삶을 "시간의 흙탕물"이라고 표현한 것처럼 "시간의 흙탕물" 속에서 아등바등 살아가는 것이 우리네 삶인가 보다. 그것이 죽음으로 가고 있는 여정(旅程)임을 모르면서 말이다.

죽음을 아직 제대로 인식하지 못하고, 실감하지 못하는 나에게 있어서, '죽음'은 슬픈 것으로 여기고 있다. 정말 자신이 죽는다는 것과 주변의 가족과 친구들과 영원히 헤어진다는 것은 정말 가슴 아프고, 슬픈 일이다. 너무도 애달픈 것이다.

자식이 부모보다 먼저 세상을 떠나면, 불효(不孝)라고 한다. 세상을 떠난 어린 생명은 얼마나 가슴 아픈 일이며, 자식을 먼저 보내는 부모의 심경은 또한 어떠하겠는가?

이런 일을 생각만 해도, 지금 이 글을 쓰면서도, 눈물이 글썽거리게 되고, 내 마음이 아려온다.

시한부 인생을 선고받고 살 날이 얼마 남지 아니한 사람과 마지막이 될 수도 있는 밤을 병원에서 같이 지낸다는 것은 어떻게 보면 행복한 순간이라고도 할 수 있을는지 모른다. 하지만 그 밤을 같이 지새우는 사람이나, 내일이면 이 세상을 떠날 것이라는 것을 거의 확신하는 사람의 그 심정은 정말 뭐라고 표현할 수 없는, 한없이 슬픈 일이다. 헤어진다는 것은 슬프지만, 뒤집어서 생각하면, 다시 만날 수 있다는 희망을 지닐 수 있는 것이다. 상식적으로는 이해하기가 어려운 것이지만, 천국신앙을 갖게 된다면 달라질 것이다.

크리스천들은 죽으면, 영원한 안식처인 천국으로 간다고 생각하면서도, 막상 죽게 되는 것에 대해서는 불안해하고, 쉽게 받아들이지 못하고 있다. 나 역시 지금의 상황에서는 '나의 죽음'을 받아들이기가 쉽지 않다.

천국신앙(天國信仰)

현실을 외면하지 않고, 이 땅에서의 삶에 충실한 것이 천국신앙이다. 현실을 외면하지 않는다는 것은 주어진 환경에서 최선을 다하는 삶일 것이다. 그런 삶을 사는 사람들에게는 오히려 천국이 주어진다는 것이다.

예수그리스도의 죽으심과 부활은 같이 이뤄지는 것이다. 그렇다면, 크리스천들도 '죽음'과 '부활'을 같이 생각해야 할 것이다.

2019. 2. 27.

원 점(原點)

●●● 산듯한 연록의 이파리가 나뭇가지에서 활짝 날개를 피우고 있는 월요일이다. 앙상한 가지에서 저렇게 산듯한 연록의 생명이 바람에 심하게 좌우 상하 흔들흔들 춤추고 있다. 성큼성큼 봄이 익어가고 있다. 잔인한 사월이 결코 아니고 생동력 넘치는 사월이기를 애써 바란다.

어제는 24절기 절기상으로는 곡우(穀雨)이었다. 곡우는 봄비가 내려 모든 곡식을 기름지게한다는 의미이다. 그런데 어제 곡우날 봄비가 내렸다. 곡우날 비가 내리면 그해 농사는 풍년이 된다고 한다. 정말 올해는 가을 풍년(豐年)이 되었으면 좋겠다. 우리네 삶의 형편도 나아졌으면 좋겠다.

어제는 4·19 민주혁명 60년이 되는 날이며, 고(故) 추양(秋陽) 한경직 목사께서 세상을 떠나신 지 20년이 되는 날이었지만, 주일이고,

코로나-19로 인한 "사회적 거리두기"로 모두가 조용히 지냈다. 일부 정치관료(political bureaucrat)는 4·19 국립묘지에서 행사를 진행한 모양이다.

나는 주일 아침 1부 예배 기도 담당이었기에 조심스럽게 교회로 가서 예배를 드리고 즉시 귀가했다. 고교 선배인 H교회 C목사의 〈잃어버린 부활절〉이라는 제목의 설교를 영상으로 들으면서 주일 오후를 조용히 지냈다. 저녁 시간이 되어, 나는 스스로 마음을 가다 듬어 보려고, 지난 금요일 저녁 학교에서 퇴근할 때 가방에 넣어 왔던 《월간 독자 Reader 2020. 4 특별판》을 손에 잡았다. 매일같이 도서 인쇄물 우편물이 수없이 도착된다. 그럴 필요도 없지만, 우편물로 배달되는 책을 다 읽어 볼 수 있는 시간적 여유가 없다.

앞 페이지부터 그냥 읽다가, 〈세 개의 F, 그리고 나의 원점〉이라는 제목의 글을 읽다가, 가슴이 뭉클해져 왔다. 서강대학교 교수이었던 고(故) 장영희(1952~2009) 교수의 글이었다.

서강대학 2대 학장과 종합대학교로 승격하여 초대 및 2대 총장을 지낸 미국인 고(故) John P. Daly(1923~2011) 신부가, 정영희 교수가 서강대학교 영문학과에 입학할 당시, 1971학년도라고 판단되는 입학 미사에서 강론한 내용을 소개한 글이었다.

"나의 '원점'에 오게 된 첫날, 입학 미사에서 당시 총장신부님이 강론 때 하셨던 말씀을 나는 아직도 기억한다.

우리는 이제 하나의 운명공동체가 되었다며 서강에서의 대학시절 동안 '3F'를 가지도록 노력하라고 하셨다. 점수에서 F학점을 받으라는 말로 생각해 어리둥절한 우리들에게 신부님은 웃으며 3F를 설명하셨다.

학문적 추구 외에도 신앙(Faith)을 가지고, 가족(Family)을 소중하게 생각하고, 진정한 친구(Friends)를 많이 만드는 법을 배우는 것이 대학생활의 목적이라고 하셨다."

장영희 교수는 이 글의 말미에서 본인의 진짜 '원점'은 "나를 지키시며 영원한 사랑과 평화만을 주시는 그분만이 나의 진정한 원점이라는 것을…"이라고 하면서 글을 마무리했다.

처음에는 글 제목에 관심이 있어 무심코 글을 읽다가 나중에, 이글이 장영희 교수의 글이라는 것을 알았다. 장영희 교수는 57세의 젊은 나이에 하늘나라로 간 신앙인이며, 영문학자이며, 수필가, 칼럼니스트로 영원한 서강인(西江人, 서강대학교 출신)이었던 것 같다. 장 교수의 부친은 서울대학교 영문학교수이셨던 유명한 고(故) 장왕록(1924~1994) 교수이다.

어제 글을 읽고 난 다음에, SNS 검색을 통해서 알게 된 것은 나의 가슴을 또다시 찡하게 하였다. 장영희 교수의 오빠가 되는 고(故) 장병우(1946~2019, 현대엘리베이터 대표이사 역임)사장의 이야기이다. 장병우 사장도 부친 장왕록 교수의 교육적 영향으로 서울대학교 영어영문학과에서 공부했고, 동생인 장영희를 많이 아껴준 따뜻한 마음을 지닌 분이었다. 오빠인 장병우는 두 다리가 불편한 동생 장영희를 업고 다녔다고 한다. 대단하신 분이었다. 그는 1996년 심장마비로 별세한 아버지 장왕록 교수에 대한 그리움을 늘 지니고 있었다고 한다. 나는 구체적으로 잘 알지를 못하지만, 세분은 정말 아름다운 인생을 사셨다고 생각한다.

나의 가슴을 아프게 하는 것은, 동생 장영희 10주기 기념식을 마치고, 그 다음날인 2019년 5월 10일 장병우 사장은 뇌출혈로 쓰러지고, 5월 29일 세상을 떠났다는 것이다. 가슴 아픈 기사를 뒤늦게 읽으면서, 내 가슴은 심한 아픔을 느꼈다.

장영희 교수의 가족들은 가족사랑이 남다른, 가슴이 정말로 따스한 가족이었던 것 같다.

장왕록 교수가 쓴 영어 관련 책은 내가 고등학교와 대학교 시절이었던 1970년대 초에 접했기 때문에 그 이름을 익히 알고 있었지만, 어제 장영희 교수의 글을 읽고 나서, 새삼 알게 된 것이 많았다.

장영희 교수의 글에서 나오는 '원점'과 John P. Daly 신부의 '3F'이다. 언뜻 보면, 두 단어 '원점'과 '3F' 공통점은 '서강'에서 나왔다는 것 외에는 공통점이 없어 보이지만, 나는 두 단어에서 공통점이 매우 많다는 것을 알게 되었다.

먼저는 장영희 교수가 이야기하는 "영원한 사랑과 평화를 주시는 그분"만이 진정한 원점이라는 것은 신앙(Faith)에서 나오는 것이며, 서로 의지하며 함께 살아가는 세상에서, 어느 누구보다도 진한 감동을 주는 것은 가족(Family)이며, 친구(Friends)이며, 그들이 있기에 원점에서 다시 시작하는 것은 행복일 것이다.

행복은 미래(Future)에 대한 확신이 있을 때만 가능한 것이며, 그 확신은 자신이 지닌 실력(Competence)에서 나오는 것이 아니고, 진정한 '믿음'에서 나오는 것이라고 생각한다. '행복'은 추상적인 단어이다. 그러기에 매우 주관적이다. 행복의 정의를 단순하게 내릴 수 없다. 정의에 대한 객관적인 정답이 없다. 그러기에 행복은 신앙적인 '믿음'이 중요하게 작용한다.

신약성경 마태복음 5장 1~12절과 누가복음 6장 20~23절에 유명한 산상수훈, 8복(八福)에 대한 것이 기록되어 있다. 보통 사람들은 이해하기 어려운 것을 복(福)이라고 규정한다. 정말 '믿음'이 없이는 이해하기 어려운 것이다.

혼란스럽고 방황을 하게 될 때에는, 심호흡을 하고, 마음을 가다듬고 다시 시작하는 것이 좋을 것 같다. 원점으로 돌아가는 것, 'Reset'을 하는 것은 이보전진(二步前進)을 위한 일보후퇴(一步後退)일 것이다. 실타래같이 얽힌 삶의 한복판에서는 매듭을 풀려고 헛수고를 하는 것 보다는, 과감하게 원점에서 다시 새롭게 출발하는 것이 더 행복할 것이다. 여태까지 믿어왔던 것, 신념으로 여겼던 것이 무너진다고 하더라도, 눈을 감고, 지금의 상황이 주는 의미를 깊게 음미하면서, 방향을 바꾸는 것은 삶의 지혜일 것이다. 패러다임의 전환이 없고, 과거에 집착하게 된다면, 원점으로 돌아가기가 어렵다.

군이 삶의 방향을 바꾸지 않고, 한 우물을 다시 파 내려가는 것도 원점으로 다시 돌아가는 것이다. 그렇지만, 마음의 전환점(轉換點, Turning Point)은 꼭 지녀야 한다.

크리스천들의 원점이며, 본향(本鄕, original hometown)은 하나님께로 향하는 것이며, 근본이 되는 성경말씀, 본바탕 본질(本質)로 돌아가는 것이다. 본질을 잃어버리고, 허구에 시달리며, 다람쥐 쳇바퀴 돌 듯, 인생의 전환점이 없이는 진정한 행복을 얻을 수 없다. 행복은 누가 가져다주는 것이 아니라 자기 스스로 삶에 만족하면서 만들어 가는 것이다. 신약성경 빌립보서 4장 11~13절에 보면 아래와 같은 내용이 기록되어 있다. 자족(自足)하는 것이 행복의 비결이리

라. 자족하려면, 옆을 볼 필요가 없다. 상대적 빈곤감을 느낄 필요가 없다. 자족하는 것은 원점으로 돌아가는 것이다.

> 내가 궁핍하므로 말하는 것이 아니니라
> 어떠한 형편에든지 나는 자족하기를 배웠노니
> 나는 비천에 처할 줄도 알고 풍부에 처할 줄도 알아
> 모든 일 곧 배부름과 배고픔과 풍부와 궁핍에도
> 처할 줄 아는 일체의 비결을 배웠노라
> 내게 능력 주시는 자 안에서
> 내가 모든 것을 할 수 있느니라

정치사회에서도 선량한 국민의 행복을 배려하는 것이 정치의 중요한 역할이다. 권력을 잡은 사람들은 어떤 것이 진정한 대한민국의 미래로 갈 것인가를 잘 판단해야 할 것이다. 정치인들은 좌우 진영논리를 그치고, 진정한 나라 세우기를 위해서 모두가 원점으로 돌아가야 한다.

원점으로 돌아가는 것은 각자의 기득권을 내려놓는 것이다. 손에 움켜쥔 것을 내려놓는 것이다. 개인적인 욕망과 생각들을 내려놓는 것이다. 신 앞에서 솔직해지는 것이다. 하나님께 전적으로 맡기는 것이다. 내 운명은 내가 개척한다는 생각을 버리고, 내가 무엇

을 하겠다는 생각을 버리고, 모든 일을 하나님께 맡겨야 한다. 믿음으로 순종한 아브라함과 같이, 자신이 하나님의 백성이라는 분명한 identity를 지녀야 한다. 모든 일을 맡긴다는 것은 그 맡기는 분을 전적으로 믿는다는 것이다.

구약성경 시편 37편 5절 말씀이다.

네 길을 여호와께 맡기라 그를 의지하면 그가 이루시고

구약성경 시편 55편 22절 말씀이다.

네 짐을 여호와께 맡기라

그가 너를 붙드시고

의인의 요동함을

영원히 허락하지 아니하시리로다

구약성경 잠언 3장 5~6절 말씀이다.

너는 마음을 다하여 여호와를 신뢰하고 네 명철을 의지하지

말라

너는 범사에 그를 인정하라 그리하면 네 길을 지도하시리라

구약성경 잠언 16장 3절의 말씀이다.

너의 행사를 여호와께 맡기라 그리하면 네가 경영하는 것이
이루어지리라

원점으로 가는 것은 하나님께 모든 것을 맡기는 것이다. 원점으로 가는 것은 아무것도 이루지 못한 것이 아니라, 모든 것을 다 이루었다는 대단한 귀결이다.

2020. 4. 20.

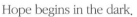
Hope begins in the dark.

난 기다리는데, 넌 지금 뭐하니?

초판 발행 2022년 4월 15일

저　　자 · 秀景 김철경
발행인 · 한은희
편　　집 · 조혜련

펴낸곳 · 책봄출판사
주　　소 · 경기도 고양시 덕양구 통일로 1276-8 (킹스빌타운 208동 301호)
　　　　　서울 중구 새문안로 32 동양빌딩 5층 (디자인 사무실)
전　　화 · (010) 6353-0224
블로그 · https://blog.naver.com/anjh1123
이메일 · anjh1123@nate.com
등　　록 · 2019년 10월 7일 제2019-0000156호
ISBN 979-11-969999-7-1 03810

· 책값은 뒤표지에 있습니다.